ABEN-SAID Acte 2

ABEN-SAID, EMPEREUR DES MOGOLS,

TRAGEDIE.

Par Monsieur l'Abbé LE BLANC.

Seconde Edition.

A PARIS,
Chez PRAULT Fils, Quay de Conty, vis-à-vis la descente du Pont Neuf, à la Charité.

M. DCC. XLIII.
Avec Approbation & Privilege du Roy.

A
SON ALTESSE SERENISSIME
MONSEIGNEUR
LE COMTE
DE CLERMONT,
PRINCE DU SANG.

ONSEIGNEUR,

Voici un nouvel hommage que je rends à VOTRE ALTESSE SERENISSIME,

*& c'eſt ce que le ſuccès d'*ABEN-SAID *pouvoit me procurer de plus flateur : heureux ſi à ces foibles marques de ma reconnoiſſance, j'en pouvois ajouter de plus éclatantes de mon zéle ! Mais je ne le ſens que trop,* MONSEIGNEUR, *les* Héros *de notre imagination ſont encore bien loin du vrai & du parfait* Héroïſme. *Et quel modele ne nous en offrez-vous pas, vous,* MONSEIGNEUR, *en qui des raiſons pour tout autre indiſpenſables, n'ont pû captiver la valeur, vous qui par un exemple à jamais mémorable, aprenez à l'Univers que le plus grand & le plus ſacré de tous les devoirs eſt de ſervir ſon* Roy *& ſa* Patrie; *vous enfin, en qui la* France *charmée, croit voir revivre l'un de ſes plus grand* Héros.

Pour moy, MONSEIGNEUR, *la gloire qui me flatteroit plus que toute celle qu'on peut acquérir au* Théâtre, *ce ſeroit de célébrer des vertus ſi dignes du ſang dont vous ſortez : mais je l'avoue à regret, tout mon zéle pour Vous, pour ma Nation, pour mon Roi, ne pourroit y ſuffire. Je ſuis avec le plus profond reſpect,*

MONSEIGNEUR,

DE VOTRE ALTESSE SERENISSIME,

Le très-humble & très-obéïſſant Serviteur, LE BLANC.

PREFACE.

LE ſujet de cette Tragédie eſt tiré de la Bibliotheque Orientale de Mr d'Herbelot, à l'article d'Abou-Saïd; j'ai pris la liberté de changer un peu ce nom, ainſi que quelques autres dans ma Piéce, & j'ai cru devoir ce ménagement à la délicateſſe de nos oreilles françoiſes.

Il n'en eſt pas de même à l'égard des principaux points ſur leſquels ma Tragédie eſt fondée, je les ai conſervés tels que je les ai trouvés dans l'Hiſtoire. L'amour de Sémire pour ſon Epoux; la paſſion du Sultan pour cette jeune Princeſſe; la Loi qui ordonne à tout Sujet de répudier ſa femme lorſqu'il plaît au Sultan de l'épouſer; la fermeté généreuſe de l'Emir à s'oppoſer à l'éxécution d'une Loi ſi injuſte; tous ces faits ſont véritables.

C'eſt dans la même ſource que j'ai puiſé ce que je dis des vaſtes Conquêtes de Genghiſcan & de ſes Succeſſeurs, du fameux Empire des Califes, du dégré de grandeur & de puiſſance où étoient parvenus ces Souverains de la Religion Muſulmane, de leur décadence enfin, & de leur chûte. L'Ouvrage de M[r] d'Herbelot est si célebre, que je crois qu'il me suffit d'y renvoyer le Lecteur, pour s'éclaircir sur tous ces faits.

A l'égard de la Parodie & des Critiques qu'on a déja faites de ma Piéce, je n'abuserai pas du privilege des Préfaces pour y répondre : c'est au Public à en juger ; si elle a eu le bonheur de plaire, j'en attribue le succès au choix du Sujet ; & c'est une erreur de croire que tous ceux qui sont propres au Théâtre, nous ont été enlevés par les grands Maîtres qui nous ont précedés. Quand l'Histoire Grecque & Latine n'en seroient pas encore remplies ; quand il seroit, en effet, difficile de traiter des sujets tirés de l'Histoire moderne, & sur-tout de la nôtre ; voici, j'ose le dire, un nouveau trésor où peuvent puiser ceux qui travaillent pour le Théâtre. L'Histoire Orientale offre à chaque page des faits dignes de la majesté du Cothurne : Et quel succès n'en doivent pas attendre ceux qui courent cette brillante carriére, lorsqu'avec tout le génie & les talens que demande la Tragédie, ils sçauront encore, par l'heureux choix des Sujets, lui donner les graces de la nouveauté ?

ACTEURS.

ABEN-SAID, Empereur des Mogols.

TIMOUR, Emir, ou Généraliſſime des Troupes de l'Empereur.

ROXANE, ſœur de l'Empereur, & femme de l'Emir.

SE'MIRE, fille de l'Emir.

HASSAN, Prince Mogol, Epoux de Sémire.

ILCAN, Premier Prince de l'Empire.

NASSER, l'un des Viſirs ou Miniſtres d'Etat.

OROSMIN, Chef de la Garde de l'Empereur.

GARDES.

SOLDATS.

La Scène eſt à Tauris, Ville de Perſe, alors ſous la domination des Tartares-Mogols, dans le Palais de l'Empereur.

ABEN-SAID,

ABEN-SAID, TRAGEDIE.

ACTE PREMIER.

SCENE PREMIERE.

ILCAN, NASSER.

ILCAN.

LE Sultan inquiet en ce lieu doit se rendre.
C'en est donc fait, Nasser, l'Emir n'a plus de Gendre;

NASSER.

Non, Prince; je commence enfin à me venger,
Et le sort de l'Emir va peut-être changer:
Le Barbare qu'il est a fait périr mon Pere,

S'il n'a pas sur moi-même étendu sa colere,
Il a cru qu'aveuglé par l'éclat d'un haut rang,
D'un pere malheureux je lui vendrois le sang;
Mais mon juste couroux ne peut plus se contraindre,
Il est tems....

ILCAN.

Non, Visir; continuons de feindre.
Ce qui vient d'arriver lui prépare un écueil
Où nous verrons bien-tôt échouer son orgueil.
Cependant instrui-moi par quelle main hardie
Le Rival du Sultan vient de perdre la vie,
Ne me déguise rien; nous sommes seuls ici,
Mon cœur impatient brûle d'être éclairci.

NASSER.

Vous connoissez ces Monts dont la vaste étendue
Semble porter du ciel la voute suspendue,
Séjour délicieux, où nos heureux Sultans
Retrouvent dans l'Eté les charmes du Printems:
Là cet heureux Epoux, dans les bras de Sémire,
Hassan de l'amour seul reconnoissoit l'empire,
Qu'aisément un mortel s'aveugle sur son sort!
Prêt à faire naufrage il se croyoit au port:
J'arrive. Et du Sultan montrant l'ordre suprême,
Je demande Sémire au nom du Sultan même;
Ce Prince témeraire, aveugle en sa fureur,
Refuse la Princesse & brave l'Empereur.

Je lui remontre en vain qu'une loi ſolemnelle
Abolit pour jamais les droits qu'il eut ſur elle ;
Qu'à ſon lit le Sultan daignant l'aſſocier,
Haſſan doit obéïr & la répudier.
Rien ne peut le réſoudre à ce juſte divorce,
Où la Loy parle envain j'ai recours à la force ;
Lui ſeul il nous fait tête, & l'éfort de ſon bras
Fait tomber à mes pieds mes plus braves Soldats.
L'amour, le déſeſpoir animant ſon courage,
Il ſignale ſur nous ſa fureur & ſa rage ;
Mais d'un coup que ma main lui porte dans le flanc,
Il tombe enfin ſans vie & baigné dans ſon ſang.
Au plus vif déſeſpoir Sémire abandonnée,
Veut d'un Epoux ſi cher ſuivre la deſtinée :
J'ordonne qu'on l'enleve, & ſourd à tous ſes cris,
Je pars en diligence & l'amene à Tauris.

ILCAN.

Souffre que dans ton ſein je dépoſe ma joïe,
Au trône cette mort va m'ouvrir une voie ;
Dans l'eſprit de l'Emir elle perd l'Empereur.
Ainſi tout ſe prépare à ſervir ma fureur.
Ce Miniſtre avoit ſeul l'autorité ſuprême,
Et peut-être qu'un jour Haſſan eut eû la même :
J'y voulois parvenir, & ne m'approchai d'eux
Que pour mieux trouver jour à les perdre tous deux.
L'Emir unit alors le Prince à ſa famille ;

Jusques-là le Sultan n'avoit pas vû sa fille :
Nourri sous une tente & parmi des Soldats,
Son camp étoit sa cour, ses plaisirs les combats :
Crois que la verité m'arache cet hommage :
Pour arrêter ce jeune & superbe courage,
Pour amollir son cœur, que n'ai-je point tenté ?
De l'Epouse d'Hassan je vante la beauté ;
La beauté fut souvent l'écueil de la sagesse.
Comment peut s'en défendre une aveugle jeunesse !
Par les sens emporté, vaincu par les desirs,
On ne resiste pas au charme des plaisirs.
Le Sultan voit Sémire, & sa premiere vûe
Allume dans son cœur une flamme inconnue :
C'est où je l'attendois. Vois où je l'ai conduit.
De tes soins & des miens laissons mûrir le fruit.
Un jour ne change pas la face d'un Empire.
Attendons qu'avec nous l'Emir même conspire,
Et je le connois trop, pour douter un moment
Des funestes effets de son ressentiment.
Sa haine pour les Grands, que son humeur austere
Tint toujours abaissés pendant son ministere,
Son zele faux ou vrai pour sa Religion,
Que te dirai-je enfin ? son affectation
A prodiguer au peuple, avide de largesses,
D'un Ministre proscrit les fatales richesses,
Tout, pendant qu'on le craint, qu'on le hait à la Cour,
Le rend d'un peuple vil & l'idole & l'amour.

Dans le rang qu'il occupe il peut tout entreprendre,
Et punir le Sultan de la mort de ſon Gendre.
Il reviendra bien-tôt la vengeance à la main.
Pour arriver au Trône, il eſt plus d'un chemin,
Et leur deſunion, m'en ouvre un ſûr, facile;
Mais pour mieux éblouir une foule imbecille,
Trompons ces Courtiſans, qui dangereux flatteurs,
Interrogent les yeux & liſent dans les cœurs;
Qu'à leurs regards perçans un voile impenetrable
Couvrant notre amitié la rende inalterable,
Que tel à nos ſecrets ſe flatte d'être admis,
Qui penſe voir en nous deux mortels ennemis.
L'homme prudent eſt ſouple & cede aux conjonctures;
Comme il ſait tout prévoir, ſes démarches ſont ſures;
Selon les tems, les lieux, quand & comme il lui plaît,
Il feint ce qu'il n'eſt pas, & maſque ce qu'il eſt.
Du Sultan jeune encore & ſans experience,
J'ai ſçu gagner l'eſprit, le cœur, la confiance,
J'ai ſervi ſon amour. Il ſe fie à ma foi;
Et du ſoin de l'Etat ſe repoſe ſur moi.
Je connois & les Rois & la foibleſſe humaine;
Qui flatte leurs penchants les ſubjugue ſans peine.
Ainſi je lui parois ſervir ſa ſolle ardeur,
Tandis que je travaille à ma propre grandeur.

NASSER.

Irrité d'un pouvoir dont l'Empire s'étonne,

Je crains que tôt ou tard l'Emir ne vous ſoupçonne ;
Tout Miniſtre eſt jaloux, Tout Rival eſt ſuſpect.

ILCAN.

Ne crains rien. Avec lui je ſerai circonſpect.
Qu'un vulgaire groſſier admire les grands hommes,
Pour qui les étudie, ils ſont ce que nous ſommes ;
Sous ces dehors brillans qui trompent tous les yeux,
L'Emir lui-même au fond n'eſt qu'un ambitieux.
Et cette fermeté qu'on croit ſi reſpectable,
Souvent n'eſt que l'effet d'un orgueil indomtable ;
Telle eſt la ſienne enfin. Et s'il faut m'expliquer,
Je puis en le plaignant l'aigrir ſans rien riſquer.
Après avoir cauſé les malheurs de ſa fille,
Je veux m'offrir à lui pour venger ſa famille,
Ce Guerrier agira pour moi ſans le ſçavoir.
Tout m'inſpire à la fois un légitime eſpoir ;
Je puis faire à mon gré révolter l'Arménie,
Usbec victorieux menace Sultanie,
Il s'eſt déja rendu maître du Coraſſan :
Le redoutable Emir inſtruit du ſort d'Haſſan,
Laiſſant aux ennemis cette vaſte Province,
Reviendra furieux venger la mort du Prince ;
Je ne ſçais. Mais, Viſir, d'heureux preſſentimens
Me font tout eſperer de tant d'évenemens.

NASSER.

Moi-même, à vous ſervir attentif & fidele,

J'ai sçu depuis long-tems vous ménager le zele
De ce Peuple qui seul adore encor les Dieux
Qu'ont avec eux ici transporté nos Aïeux :
Hais, persecutés pour la Foi de leurs Peres,
Ils attendent de vous la fin de leurs miseres,
Et pour mettre en vos mains le sceptre des Sultans,
Ils vaincront glorieux ou periront contens.
Le zele des Autels est toujours redoutable ;
Il arme les esprits d'un courage indomtable,
Et l'interêt du Ciel animant chaque Etat,
Fait du Soldat un Prêtre & du Prêtre un Soldat.
Qu'avec plaisir alors je vengerai mon Pere
D'une Religion barbare & sanguinaire,
Victime d'un Iman cruel, ambitieux,
De son sang il paya son amour pour ses Dieux,
Tel est des Musulmans le zele fanatique.
Leur Secte sacrilege autant que politique
A rempli l'Orient de carnage & d'horreur,
Et ne doit ses progrès qu'à la seule fureur !
Si nous n'arrêtons pas ce torrent dans sa course,
Il va tout inonder du Midi jusqu'à l'Ourse.
Nos Aïeux ont conquis ces florissans Etats :
Imitons leur valeur, & ne permettons pas
Que l'Arabe insultant aux Dieux de nos Ancêtres,
Sous le Dieu de la Mecque asservisse ses Maîtres,
Et nous enchaîne tous sous un joug rigoureux,
Qui du grand Genghiscan avilit les neveux.

ILCAN.

En ce moment, Visir, un autre soin me presse.
Jusqu'ici du Sultan j'ai flatté la tendresse,
Mais malgré son amour, malgré tout son pouvoir,
Je crains qu'il ne nourrisse un inutile espoir.
Par ses ordres en vain à la beauté qu'il aime
Je viens d'offrir le sceptre & la grandeur suprême.
Prête à mourir plûtôt qu'à recevoir sa main,
Sémire sans trembler affronte son destin.
Ses offres, mes discours l'ont encor plus aigrie :
Ce n'est plus desormais qu'une femme en furie,
Qu'aveugle son amour, qu'irrite sa douleur,
Qui ne survivra pas peut-être à son malheur.
Voilà ce qu'au Sultan ce jour fatal annonce.
Je l'attens en ce lieu pour lui rendre réponse,
Et je ne sçais encor comment lui déclarer
Un refus qu'il ne peut plus long-tems ignorer.
Mais il approche....

SCENE II.

ABEN-SAID, ILCAN, NASSER.

ABEN-SAID.

Ilcan. Vous avez vû Sémire.
Sera-t-elle sensible à l'offre d'un Empire?

Aprenez moi mon ſort, puis-je eſperer qu'enfin
Elle daigne accepter ma Couronne & ma main!

ILCAN.

Sémire de ſa perte eſt encore accablée,
Un jour ne change pas une ame ſi troublée.
J'ai parlé vainement. Fidelle à ſa douleur,
Elle ne voit, ne ſent encor que ſon malheur,
Déteſte votre amour, les grandeurs & la vie;
Laiſſez agir le tems. Quelque jour moins aigrie,
Elle ouvrira les yeux, & connoîtra le prix
De ce Trône, aujourd'hui l'objet de ſes mépris,
C'eſt peu qu'un autre amour ſorte de ſa mémoire,
Croïez le vôtre ſûr d'une pleine victoire.
Mais reſpectés ſes pleurs en ces premiers momens.
Ne vous expoſés pas à ſes emportemens,
Rien ne ſçauroit forcer ſa douleur au ſilence;
J'ai vû de ſes tranſports quelle eſt la violence:
Ce Palais retentit de ſes cris douloureux.

ABEN-SAID.

Que ſon ſort m'attendrit! Que le mien eſt affreux!
Je la poſſede en vain ſi je ne puis lui plaire,
Si du plus tendre amour ſa haine eſt le ſalaire:
Tant d'égards, tant de ſoins n'ont pû m'en faire aimer!
Et le Trône n'a rien qui la puiſſe charmer!

Mon cœur ne peut ſuffire au trouble qui m'agite.
Furieux, incertain, je la cherche & l'évite;
Réſolu de la voir, je porte ailleurs mes pas:
Je crains de voir des pleurs que je n'eſſuïrois pas.
Oüi je dois me priver d'une ſi chere vuë,
J'aurois trop à ſouffrir de la voir éperduë,
Et le cœur enflammé de haine & de couroux,
N'imputer qu'à moi ſeul la mort de ſon Epoux.
Viſir, de ce malheur ta tête eſt reſponſable,
Je devrois t'en punir innocent ou coupable;
Je t'avois commandé de veiller ſur ſes jours.
A ma clémence Haſſan pouvoit avoir recours,
Ou s'il eut à nos loix refuſé de ſe rendre,
Du moins de mes bienfaits il n'eut pû ſe défendre,

NASSER.

Sultan, le Ciel peut ſeul changer les volontés,
Haſſan d'un prix cruel eut payé vos bontés,
A ſon âge, les biens, les rangs, un diadême,
Rien ne peut conſoler quand on perd ce qu'on aime:
J'ai pû par ſes fureurs juger de ſon amour;
Il vous auroit contraint à lui ravir le jour,
Le Ciel qui s'eſt chargé du ſoin de ſon ſupplice,
Fait en votre faveur éclater ſa juſtice;
Votre Rival n'eſt plus, graces aux coups du ſort,
Sans qu'on puiſſe jamais vous reprocher ſa mort.
Il vous ſervit lui même en courant à ſa perte.
Ne l'auriez-vous pas dûe à ſa révolte ouverte?

Quelque rang qu'un Sujet occupe dans l'Etat;
Qui vous désobéït commet un attentat.
Où n'a-t-il pas porté sa fureur criminelle?
Vainement je fis tout pour vaincre ce Rebelle,
Pour le sauver du moins. Il cherchoit à mourir.
Et tous mes soins n'ont pû l'empêcher de périr.

ABEN-SAID *au Visir.*

Sortez. Et cependant je frémis plus j'y pense,
On n'écoute que trop un soupçon qui m'offense;
Le Peuple à qui souvent on tait la verité,
Juge ses Souverains avec severité;
Il ne penetre pas dans ce qui peut nous nuire
Les secrettes raisons qu'on a de le séduire.
Mais vous qui connoissez jusqu'au fond de mon coeur,
Pour me justifier, Prince, voïez ma soeur:
Que de tous mes desseins par vous mieux informée,
Elle puisse les voir sans en être allarmée,
Elle ose tout permettre à ses emportemens,
Et je ne pretens pas les souffrir plus long-tems.
Et vous, O cher objet de l'amour le plus tendre!
Vous de qui désormais mon bonheur va dépendre,
Ne me reprochez pas les pleurs que vous versez,
Votre douleur vous venge & me punit assez.
Quoique de tant d'amour je ne sois plus le maître,
A ses tristes regards je tremble de paroître.
Je prévois.....

ILCAN.

Quelqu'un vient. Contraignez-vous, Sultan.

ABEN-SAID.

C'eſt elle, juſte Ciel ! Laiſſez-nous.

SCENE III.

ABEN-SAID, SE'MIRE,

SE'MIRE.

Ah Tyran !
Hé de quel autre nom puis-je appeller encore
Un cruel aſſaſſin, un monſtre que j'abhorre !
Du ſang de mon Epoux tu n'es pas ſatisfait,
Et tu veux que ma main couronne ton forfait.

ABEN-SAID.

Que me reprochez-vous ! Non, croïez-moi, Madame,
Je n'ai point dans le ſang deshonoré ma flamme ;
Quoiqu'il fût criminel, ſi votre Epoux eſt mort,
Senſible à ſon malheur, je déplore ſon ſort ;
J'ai voulu vainement prendre ſoin de ſa vie,
Par toutes ſes fureurs lui ſeul ſe l'eſt ravie,
Pour prévenir ſa perte, hé que n'ai-je point fait !

SE'MIRE.

Vas, tu prétens en vain nier un tel forfait.
Ta pitié trop ſuſpecte & le plaint & me flatte,
Mais pour m'en impoſer, c'eſt trop tard qu'elle éclatte;
Croi-moi, ne deſcens pas à de ſi bas détours;
Ta fureur en ſecret avoit proſcrit ſes jours,
Et je pers par toi ſeul un Epoux que j'adore,
Cher Epoux! Cher Haſſan qu'envain j'appelle encore!
La mort, la ſeule mort eſt l'objet de mes voeux,
Puiſſe-t-elle bientôt nous rejoindre tous deux.
Donne-la-moi, Tyran. Que ta fureur jalouſe
Qui proſcrivit l'Epoux faſſe périr l'Epouſe.
Mon amour fit ſon crime il lui couta le jour,
Eteins-le dans mon ſang ce malheureux amour.

ABEN-SAID.

Que vous répondez mal à l'ardeur la plus vive!
Et ſi vous ne vivez, penſez-vous que je vive!
La ſplendeur de ma Cour, la pompe de ces lieux,
Tout ſans vous déſormais me devient odieux:
C'eſt un fardeau pour moi que la grandeur ſuprême,
Si je ne la partage avec l'objet que j'aime.
Souffrez que tout l'amour dont je brûle pour vous
Déſarme en ce moment votre injuſte couroux;
Voulez-vous me haïr toujours ſans me connoître?
Ouvrez les yeux. En moi ne voïez point un Maître,

N'y voïez qu'un Amant, que toute ſa grandeur
Flatte moins que l'eſpoir de toucher votre cœur.
Hé que n'ai-je point fait juſqu'ici pour vous plaire,
Que n'ai-je point ſouffert d'un ſujet temeraire!
Haſſan n'avoit en moi qu'un Rival généreux.
J'ai comblé de bienfaits ce Prince malheureux.
Nos loix pouvoient du ſort reparer l'injuſtice,
Mais rien n'a de l'Emir pû vaincre le caprice:
J'ai vû de tant d'attraits l'injuſte poſſeſſeur
Oſer ſe prévaloir de mon trop de douceur.
De tels refus étoient une aſſez grande offenſe,
Et tout autre eut deſlors uſé de ſa puiſſance;
Quelque fût le lien qui couronnât ſes feux,
Une loi plus ſacrée en briſoit tous les nœuds.
Malgré mes vœux trahis j'étouffai ma colere,
Je laiſſai de ces lieux éloigner votre Pere,
Moi qui n'étois porté que trop à me venger,
Mais je voulois vous plaire & non vous outrager.
Vous êtes libre enfin & le ſort vous dégage,
Tant d'attraits que du Ciel vous eûtes en partage,
Votre vertu, tout veut qu'en de ſi belles mains
Je confie & mon ſort & celui des humains.
Ce Trône qui ſoumet l'Aſie à votre Empire,
L'Amour vous le devoit, vertueuſe Sémire,
C'eſt à vous d'en remplir toute la majeſté,
Ce Trône fut toujours le prix de la beauté.

SE'MIRE.

Ah pers le fol eſpoir où ton ardeur ſe fonde!

Tu m'offrirois en vain tous les Trônes du monde,
Je n'en verrois le don que d'un œil de mépris:
Ma main de tes forfaits ne sera pas le prix.
Non, ne crois pas Tyran.....

ABEN-SAID.

Epargnez ma tendresse:
L'ame de ses transports n'est pas toujours maîtresse;
Outragez moins un cœur désespéré, confus,
Peu fait, vous le sçavez, à souffrir des refus.
Un Amant qui peut tout est un Amant à craindre.
A mon exemple au moins tâchez de vous contraindre.
Songez, quand par égard je veux bien l'oublier,
Que je puis commander au lieu de suplier.

SE'MIRE.

A ce comble d'horreurs je serois condamnée!
Et le Ciel jusques-là m'auroit abandonnée!
Mais toutes tes fureurs ne m'épouvantent pas;
Et tes dons sont pour moi pires que le trépas.
Toi-même crains plûtôt que je ne te prévienne,
Dispose de ma vie, ou tremble pour la tienne,
Quelque soit ton pouvoir, un Trône ensanglanté
Ne met pas d'un Tyran les jours en fureté.
Ce n'est pas un sang vil que ma haine demande,
Barbare, c'est le tien que je veux qu'on répande,
A l'Univers entier je le demanderai.
Tu me rètiens ici. Mais tant que j'y vivrai,
Mes cris amers, du Ciel implorant la vengeance,

Forceront tes Sujets à prendre ma deffenſe,
Ce ſeul & triſte eſpoir ſoutient encor mon cœur,
Ah ! ſi le Ciel eſt juſte, il me doit un vengeur.

SCENE IV.

ABEN-SAID, ILCAN.

ABEN-SAID.

PRince, qu'ai-je entendu ? Quels tranſports ! Quelle rage !
L'excès de ſa fureur étonne mon courage.
Que je plains déſormais & ſon ſort & le mien !
Hé que puis-je eſperer d'un cœur tel que le ſien !
Je ne le vois que trop, vainement je l'adore.

ILCAN.

L'excès de ſa douleur, Sultan, l'aveugle encore,
De ſes premiers tranſports je ne ſuis pas ſurpris ;
Laiſſez couler ſes pleurs, faites grace à ſes cris :
Quelques ſoient ſes regrets, le tems à qui tout cede,
Aux plus grandes douleurs apporte du remede ;
Après bien des ſoupirs & des pleurs ſuperflus,
On ceſſe enfin d'aimer un objet qui n'eſt plus.
L'Epouſe de l'Emir eſt encore moins à craindre,
Laiſſez-la dans ces murs ſoupirer & ſe plaindre.
Le parti le plus ſage eſt de diſſimuler.

ABEN-

ABEN-SAID.

Non Prince, à son devoir je dois la rappeller.
Et puisque tant d'égards ne l'ont point désarmée,
Puisqu'elle ose. . . .

SCENE V.

ABEN-SAID, ILCAN, OROSMIN.

OROSMIN.

Un Soldat dépêché de l'Armée
A remis en mes mains ce billet important.

ABEN-SAID.

Lisons.

ILCAN *à part.*

Que de soupçons m'agitent à l'instant!

ABEN-SAID *lit.*

De vos armes, Sultan, le Ciel comble la gloire;
Vous avez sur Usbec remporté la victoire.
Le Traître avoit déja par des succès nouveaux
Au sein de votre Empire arboré ses drapeaux;
Sa défaite de près a suivi sa conquête;
Aux pieds de votre Trône où j'apporte sa tête,

Je reviens triomphant de tous vos ennemis,
En rendre grace au Dieu qui vous les a ſoumis.
Quel triomphe !... Ou plûtôt quel nouveau coup de foudre !...
Je m'en ſens accabler ſans ſçavoir que réſoudre.
De quel œil puis-je voir reparoître à ma Cour !
L'Emir plus que jamais contraire à mon amour !

ILCAN.

Sultan, vous pouvez tout ; vous voïez ce qu'il oſe,
De vos malheurs, des ſiens il eſt l'unique cauſe,
Et loin de le laiſſer libre de revenir,
Tout triomphant qu'il eſt, vous devez l'en punir.
Si vos Etats troublez vous forçoient à le craindre,
Vous n'avez déſormais plus lieu de vous contraindre.

ABEN-SAID.

De ſon triomphe, Ilcan, ſont-ce là les apprêts !

ILCAN.

Je ne conſulte ici que vos ſeuls interêts.
Ce qu'il a fait pour vous, un autre eût pû le faire ;
La gloire en eſt toujours un aſſez grand ſalaire,
Vous ne lui devez rien. Et ſi ſa liberté
Trouble votre repos ou votre ſûreté,
Prononcez, c'eſt à vous d'en diſpoſer en maître.
Tels ſont les droits du rang où le Ciel vous fit naître ;

Le front humilié nous devons adorer
L'ordre dont un Sultan daigne nous honorer.
Votre premier ſujet n'eſt qu'un premier Eſcave.
Trop fier de ſes exploits, un Miniſtre vous brave.
Mais ſongez qu'à vos loix qui peut déſobéir,
Peut porter l'attentat juſques à vous trahir.

ABEN-SAID.

De ces vaines terreurs dont votre ame eſt frappée,
La mienne un ſeul moment ne peut être occupée:
La crainte fut toujours au-deſſous d'un grand cœur,
Mais ce retour peut mettre obſtacle à mon bonheur.
Un Pere en ſes refus entretiendroit Sémire... :
Et que dis-je ? En ces lieux quel ſoin preſſant l'attire?
Contre mon ordre exprès il revient à ma Cour !
Et ſa fille en effet peut hâter ſon retour.
Si l'Emir eſt inſtruit de tout ce qui ſe paſſe,
Il connoît mon amour, je connois ſon audace.
De ce Palais ſans doute il la vient arracher,
Et c'eſt un attentat que je dois empêcher;
A mon penchant fatal enfin je m'abandonne,
Qu'on arrête l'Emir, j'y conſens, je l'ordonne:
Je ne vous cele pas qu'il en coute à mon cœur,
C'eſt traiter un Heros avec trop de rigueur.
Mais quoique déchiré du remords qui me preſſe,
Je combats ſans ſuccès une aveugle tendreſſe,
Je ſens avec douleur mon courage abattu,
Et crains pour mon amour moins que pour ma vertu.

ACTE II.

SCENE I.

ABEN-SAID, ROXANE, GARDES.

ABEN-SAID.

OUi, je veux vous parler, & c'eſt à ma tendreſſe,
Que vous devez, ma ſœur, le motif qui m'en preſſe :
Ecoutez-moi du moins, lorſqu'en faveur du ſang
Peut être je trahis la fierté de mon rang.
Toute juſte qu'elle eſt je retiens ma colere ;
Je veux bien vous traiter moins en Sultan qu'en Frere.
On doit tout pardonner aux premiers mouvemens,
Et je ferme les yeux ſur vos emportemens.
Meritez mes bontez. De mes deſſeins inſtruite,
Sur mes intentions reglez votre conduite ;
Accordez les devoirs & d'Epouſe & de Sœur ;
C'eſt l'unique moïen de regagner mon cœur :
S'il le faut, je veux bien vous en prier moi-même.
La fille de l'Emir vous reſpecte & vous aime,
Je ſçais que ſur ſon cœur vous avez tout pouvoir,
Ne vous obſtinez pas à trahir mon eſpoir ;
Non que d'une pitié peut être légitime,

Je veüille vous blâmer & vous en faire un crime,
Mais ne lui montrez pas l'exemple de braver
La majesté du Trône où je veux l'élever.
Tel est de votre Epoux l'aveuglement extrême,
Il s'oppose aux grandeurs d'une fille qu'il aime,
Il m'ose résister, quand par un si beau choix,
Je m'acquitte envers lui de ce que je lui dois.
Ses soins & sa valeur m'ont conservé l'Empire,
Et ma reconnoissance en fait part à Sémire.
Cependant je veux bien, sensible à ses malheurs,
Lui donner quelques jours pour essuyer ses pleurs.
Mais ce tems expiré, c'est trop de résistance;
Ne l'autorisez point à lasser ma constance,
Du moins d'un sceptre offert connoissez tout le prix.
Le Trône n'est point fait pour souffrir des mépris.

ROXANE.

Je sçais ce que je dois à mon Frere, à mon maître,
Cependant apprenez vous même à me connoître,
Soit que vous me traitiez ou d'Esclave, ou de Soeur.
Rien ne peut étonner ni corrompre mon coeur.
C'est votre interêt seul qui me touche & m'anime,
Et ce zele est trop pur pour se prêter au crime;
Servir votre penchant ce seroit vous trahir,
Mon devoir me contraint à vous désobéïr.
Pour vous & sans regret j'immolerois ma vie,
Mais à tous vos désirs, lâchement asservie,
Je ne flatterai point un amour criminel

A qui le Ciel a mis un obſtacle éternel ;
Ce funeſte penchant fera votre ſupplice.
Qui, moi, de vos fureurs je me rendrois complice !
Après l'aſſaſſinat d'un Prince vertueux,
C'eſt commettre un forfait que de ſervir vos feux !
Quel amour ! Quelle horreur ! Et que m'oſez-vous dire !
Non, non, n'attendez rien de moi, ni de Sémire :
Malheureux ! teint du ſang d'un cher & tendre Epoux,
A vous en faire aimer comment aſpirez-vous !
Ah ! ſi quelque vertu, Sultan, encor vous reſte,
Eteignez pour jamais un amour ſi funeſte,
Craignez qu'il ne vous porte à de nouveaux forfaits ;
De votre paſſion je prévois les effets :
Des infâmes flatteurs la voix empoiſonnée,
En la juſtifiant l'ont renduë effrenée,
Vous en avez ſuivi les dangereux conſeils.
Ils ont toujours ainſi corrompu vos pareils !
Déguiſant à leurs yeux à force d'artifices,
Les vices en vertus & les vertus en vices,
Ils les portent au crime, & leur font concevoir,
Que quiconque peut tout a droit de tout vouloir.
Ils vous perdront enfin.... Puiſſai-je être trompée !
Au ſang d'un malheureux votre main s'eſt trempée !
Vous porterez plus loin peut-être vos fureurs...
Peut-être... juſte Ciel ! détournez ces horreurs...
Ah mon Frere !

ABEN-SAID.

Calmez une crainte inutile.

ROXANE.

Je plains l'aveuglement qui vous rend si tranquille !
Je vois de toutes parts vos Peuples en couroux,
Vos Soldats révoltez s'élever contre vous;
Je sçais quel est l'Emir, & je crains sa colere :
S'il vengeoit les malheurs d'une fille si chere !
Dans un si juste effroi je vous crains tous les deux.
Je lis dans l'avenir les maux les plus affreux.
Et déja .... Mais qu'entens-je ! & quel tumulte horrible !

ABEN-SAID.

Quel téméraire....

SCENE II.

ABEN-SAID, TIMOUR, ROXANE.

ABEN-SAID.

Ciel ! l'Emir ! Est-il possible !

ROXANE.

Ah grand Dieu, mon Epoux !

TIMOUR, *au coin du Théatre & l'épée à la main.*

Quoi, lâches, vous fuïez.
Venez si vous l'osez m'immoler à ses pieds,
Barbares... *Au Sultan.* J'obéis. *Il jette son épée.* Voici votre victime.
Mais en me punissant apprenez-moi mon crime.
Je viens vous apporter ma tête, elle est à vous,
Je n'ai point prétendu la soustraire à vos coups.

ROXANE.

Qu'entens-je, juste Ciel! Et quelle horreur nouvelle!..

TIMOUR.

Je ne m'en deffens pas, à vos ordres rebelle,
Je les ai violez, & ce fer à la main,
Je viens jusqu'au Palais de m'ouvrir un chemin;
A plus d'un malheureux il en coute la vie;
Disposés de la mienne au gré de votre envie,
Sultan, accomplissez votre cruel dessein.
Vengez-les. Vengez-vous. Frappez. Voilà mon sein.
Aussi bien au milieu d'une triste famille,
A la mort de mon Gendre, aux malheurs de ma fille,
A votre gloire enfin je ne survivrai pas.
Et c'est remplir mes voeux qu'ordonner mon trépas:
De mes derniers exploits, Ciel quelle récompense?
Un sujet révolté contre votre puissance
Arme, & veut ébranler votre Trône. Je pars,

Le bonheur m'accompagne & ſuit vos étendarts,
Je triomphe partout, & quand de ma victoire
Je reviens tranſporté vous conſacrer la gloire,
Aurois-je dû m'attendre au prix que j'en reçois !
Quels forfaits ! Que d'horreurs j'enviſage à la fois !
Un nouvel aſſaſſin ſervant votre furie,
Sans doute vous avoit auſſi promis ma vie....

ABEN-SAID.

De quel forfait, Emir, m'oſez-vous ſoupçonner ?

TIMOUR.

Dès que la mort d'Haſſan n'a pû vous étonner,
La mienne ne doit pas vous couter davantage.
Ma fille que pourſuit votre jalouſe rage,
A vû juſqu'en ſes bras poignarder ſon Epoux,
Dans ceux de votre ſœur j'attens les mêmes coups.
Hé ne prétextez point une folle tendreſſe !
Un grand cœur peut avoir un inſtant de foibleſſe,
Mais quelque puiſſamment qu'il en ſoit combattu,
L'amour n'y doit jamais étouffer la vertu.

ABEN-SAID.

Des reproches pareils offenſent trop ma gloire,
De ce que je vous dois je garde la mémoire;
Mais lorſque vos malheurs me font tout excuſer,

Emir, à votre tour craignez de trop oser.
A m'assurer de vous s'il m'a fallu contraindre;
On ne peut trop prévoir quand on a tout à craindre.
Je connois vos fureurs, j'ai dû les prévenir,
Et vouloir vous sauver, ce n'est pas vous punir.
Des excès les plus grands le malheur rend capable;
Le vôtre malgré vous vous eut rendu coupable,
Et ce qu'en mon Palais vous avez entrepris,
Me justifie assez des soins que j'avois pris.
Tout autre de sa tête eût payé cette audace.
Mais je vous aime encore, & veux vous faire grace,
Je fais plus. Je m'abaisse à me justifier,
A ma parole, Emir, vous devez vous fier.
Je cherissois le sang qui vient de se répandre,
Loin d'avoir ordonné la mort de votre Gendre,
Par mes soins prévoyants, j'ai voulu l'empêcher,
C'est à vous seul peut-être à vous la reprocher.
Des malheurs où tous deux cette mort nous expose,
Votre injuste caprice est la premiere cause,
Sans vous, sans vos refus, mon amour dès long-tems
Eût élevé Sémire au Trône des Sultans.
Hassan vivroit encore! & ma reconnoissance
Eût élevé ce Prince à tel point de puissance,
Que lui-même comblé de biens, de dignitez,
Se fût peut-être un jour loué de mes bontez;
Ma tendresse plûtôt que la grandeur suprême
Eût triomphé du coeur de la Princesse même;

Sémire sur le Trône y combleroit mes voeux.
Vos injustes refus nous ont perdu tous deux.

TIMOUR.

N'est-ce donc pas assez du malheur qui m'opprime ;
Sans vouloir sur moi-même en rejetter le crime ?
Accusez-en plûtôt le funeste poison
D'un penchant qui toujours égare la raison.
Ces indignes transports, ces ardeurs dangereuses
Ne se font point sentir aux ames genereuses ;
Le Trône les éleve à de plus grands objets,
Et met leurs passions au rang de leurs sujets.
En vain m'imputez-vous un aveugle caprice,
Quelque jour, mais trop tard, vous me rendrez justice.
Hé devois-je immoler à votre passion
Ma vertu, mon honneur & ma Religion ?
Devois je vous trahir de peur de vous déplaire ?
J'ai fait ce que j'ai dû. J'en attends le salaire,
La mort n'aura pour moi rien d'affreux à ce prix,
Mettez fin à des jours que vous avez proscrits.

ROXANE *à Aben-Saïd.*

Mon recours, mon espoir n'est plus que dans mes larmes.
Hé puis-je contre vous employer d'autres armes !

Triste & fidelle Epouse ainsi que tendre Soeur ;
Ne pourrai-je toucher votre inflexible cœur ?

TIMOUR.

Ah Sultan ! . . . autrefois ma plus chere esperance !
Rappellez-vous les soins que j'eus de votre enfance ;
Et s'il vous en souvient, de vos vertus épris,
J'eus pour vous tout l'amour d'un Pere pour son Fils.
J'ai pour vous conserver l'Empire de l'Asie,
Prodigué mille fois & mon sang & ma vie ;
Je le ferois encore, Sultan, vous le sçavez,
Est-ce donc là le prix que vous m'en reservez ?
Car vous voulez ma mort. Oui, quoiqu'il vous en
coûte,
Vous la voulez, ingrat. Je n'en fais plus de doute.
Hé bien de vos forfaits recueillez tout le fruit ;
Moi-même dans l'état où le sort m'a réduit,
Je suis prêt à périr, si rien ne vous arrête.
Ou rendez-moi ma fille, ou recevez ma tête,
Il faut que vous versiez tout mon sang en ce jour,
Ou que sur l'échaffaut, par un juste retour,
Le meurtrier d'Hassan au milieu des supplices
Périsse ce jour même avec tous ses complices.

ABEN-SAID.

Je ne puis ni punir, ni venger cette mort.
Elle n'est que l'effet de son malheureux sort ;

Je sçais qu'on a tout fait pour prévenir sa perte :
Ne l'imputés qu'à lui, qu'au Ciel qui l'a soufferte.
Je ne vous dirai point que jaloux de ses droits,
Un Sultan doit donner, non recevoir des loix.
Ah plûtôt oublions nos disgraces communes !
Je partage avec vous toutes vos infortunes,
Partagez avec moi les tendres mouvemens
Qui me rendent pour vous mes premiers sentimens ;
Avec moi bénissez le Ciel qui nous rassemble,
Et tâchez d'être Pere & sujet tout ensemble.
Votre Fille n'est point esclave en ce Palais,
Et n'a d'autres liens que ceux de mes bienfaits.
Allez rejoindre, Emir, une Fille si chere :
Que toujours en ce rang l'Empire vous revere ....

TIMOUR.

Non, non, je ne puis plus en supporter l'éclat ;
Qu'un autre désormais régisse votre Etat,
Vous-même pouvez-vous ? .....

ABEN-SAID.

Oui, quoi qu'il en puisse être,
Je l'exige de vous comme ami, comme maître,
Allez * & j'aurai soin qu'on prépare en ces lieux
Ce que l'on doit d'honneurs à vos faits glorieux.

* *Ici Aben-Said lui rend son épée.*

TIMOUR.

Quoi . . . ?

ABEN-SAID.

Laissez-moi, vous dis-je. Avec pleine assuranc
Je vous confie encor la suprême puissance.
Quoique puisse tenter un Ministre en courroux,
Je vous estime trop pour rien craindre de vous.

SCENE III.

ABEN-SAID *seul.*

CE que je fais pour lui le touchera peut-être;
Et déja dans mon cœur l'espoir vient de renaître;
Mais que me veut Ilcan?

SCENE IV.

ABEN-SAID, ILCAN.

ILCAN.

Justement allar
D'un bruit qu'avec effroi vos Gardes ont semé,
Sultan, je viens à vous prêt à tout entreprendre....

ABEN-SAID.

Il n'en eſt pas beſoin & je vais vous ſurprendre.
Je dois tant à l'Emir qu'aujourd'hui la pitié
Pour jamais avec lui m'a réconcilié.
Tels ſont de la vertu les invincibles charmes,
Mon cœur trop attendri n'a pû braver ſes larmes;
J'ai reſpecté ſon âge, & quoi qu'il ait commis,
Il ne tient plus qu'à lui que nous ſoyions amis.

ILCAN.

Ainſi donc votre cœur s'arrache à ce qu'il aime;

ABEN-SAID.

Ah! loin d'y renoncer, Ilcan, peut-être même
Ma clémence n'eſt pas l'effet de ma pitié,
Et l'amour exigeoit ce qu'a fait l'amitié.
Hé devois-je ajouter outrage ſur outrage!
Sémire ne m'en eût haï que davantage!
Pour obtenir ſa main, je dois toucher ſon cœur.
Puis-je trop immoler au ſoins de mon bonheur!

ILCAN.

Et l'Emir déſormais n'y ſeroit plus contraire!
J'ai peine, je l'avoue, à le croire ſincère:
Jamais dans les emplois où je l'ai vû blanchir,
Ce Miniſtre n'a ſçu ce que c'eſt que fléchir.

Je vous porte à regret la plus sensible atteinte;
Mais mon zele m'oblige à vous parler sans feinte:
Si ses coupables mains n'ont pas craint d'attenter
Sur ceux que vous aviez chargez de l'arrêter,
Que n'entreprendra pas un sujet téméraire,
Qui de votre pouvoir reste dépositaire!
Quand on reçoit l'offense on l'oublie aisément,
Mais celui qui l'a fait pardonne rarement.
Quoique de son respect vous puissiez vous promettre,
L'impunité du crime invite à le commettre;
Peut-être plus que vous Sultan, il osera;
Vous n'osez le punir, il vous en punira.

ABEN-SAID.

Quoi pour fuir des malheurs peut-être imaginaires,
Je suivrois contre lui ces conseils sanguinaires!
Que diroit l'Orient, témoin de ma fureur?
De l'univers entier je deviendrois l'horreur.

ILCAN.

Le Peuple qui du Trône ignore les maximes,
Jusques dans les vertus trouve souvent des crimes;
Mais malgré ses discours un sage Potentat
Doit tout sacrifier au repos de l'Etat:
Du reste satisfait que le Peuple le craigne,
Soit qu'il l'approuve ou non, c'est un soin qu'il dédaigne;

Ce

Cette févérité du Trône eft le foutien.
Le grand art de regner eft de ne craindre rien:
L'Emir a des deffeins. Je n'ofe vous prédire
Les malheurs que je crains pour vous, pour votre
Empire:
A peine arrive-t'il que d'un commun accord
On fait revivre Haffan que vous avez cru mort.

ABEN-SAID.

Haffan vivroit, ô ciel! . . Mais en vain on l'affûre;
Le rapport du Vifir dément cette impofture.

ILCAN.

Il fe peut que lui-même il ait été trompé;
Haffan d'un coup fatal à fes yeux fut frappé;
Mais s'il eft dans l'erreur! Si le Prince refpire!

ABEN-SAID.

Ainfi contre mes voeux déformais tout confpire!
Quel trouble me devore! Haffan verroit le jour!
J'y fonge avec horreur. Que devient mon amour!
Que deviens-je moi-même, & quel efpoir me refte!
Je ne me connois plus à ce foupçon funefte.
Quel changement affreux! O fouvenir fatal!
Tantôt j'ai regretté la perte d'un Rival;
Et lorfque tout à coup furieufe, éperdue,
Son Epoufe en ces lieux s'eft offerte à ma vûe,

Ses plaintes, ſes tranſports, ſon amour, ſes malheurs,
Ses beaux yeux preſque éteints & noïez dans les pleurs,
Tout rempliſſoit mon cœur de remords & d'allarmes,
Je me ſuis reproché d'avoir part à ſes larmes,
Et que ſçai-je? aux dépens de mes vœux les plus doux,
J'aurois voulu pouvoir lui rendre ſon Epoux;
Maintenant la pitié, qui m'abuſoit peut-être,
Fait place à des tranſports dont je ne ſuis plus maître:
Vous ne voyez que trop mon trouble & mes terreurs,
De l'amour en un mot j'ay toutes les fureurs.
Aux mouvemens cruels dont mon ame eſt ſaiſie,
Sçai-je où peut me porter l'affreuſe jalouſie?
A combien de périls, ô ciel! expoſe-tu
Les reſtes chancellans de ma foible vertu!
Vous ſeul juſques ici m'êtes reſté fidelle,
Ilcan, votre prudence égale votre zele:
Ainſi pour aſſurer le bonheur de mes jours,
C'eſt à vous ſeul encor qu'aujourd'hui j'ai recours.
Je crois qu'auteur du bruit qui vient de ſe répandre,
L'Emir pour m'allarmer fait revivre ſon gendre,
De ce myſtere affreux percez l'obſcurité;
Si le Prince eſt vivant, ſi le ciel irrité,
Protegeant mon rival, s'obſtine à me pourſuivre,
Ah ſçai je quels conſeils ma fureur voudra ſuivre!
Prêt à tout immoler plutôt que mon amour,
J'épouſerai Sémire ou je perdrai le jour.

SCENE IV.

ILCAN, NASSER.

NASSER.

SEigneur, eſt-il bien vrai que malgré ſon audace
A l'Emir revolté le Sultan ait fait grace,
Et que d'un fier Miniſtre oubliant l'attentat,
Il remette en ſes mains les Rênes de l'Etat ?

ILCAN.

Son couroux a fait place à ſa reconnoiſſance ;
Il n'a pû de l'Emir ſoutenir la préſence,
Et quoique ſon amour ait oſé le trahir,
Ils s'offenſent tous deux ſans pouvoir ſe haïr.
L'Empereur violent, mais moins que magnanime,
S'allarme & craint encor juſqu'à l'ombre du crime ;
Et malgré les déſirs dont il eſt combattu,
Son amour ſur ſon cœur peut moins que ſa vertu.

NASSER.

Quoi, le ſort nous trahit & les réconcilie !

ILCAN.

Ne crains rien, ſois fidele au ferment qui nous lie :

Du deſſein que j'ai pris loin de me détacher,
A leur trop de vertu je veux les arracher.
Le malheur malgré nous ſouvent nous force au crime :
Aux Cœurs nés généreux quelqu'horreur qu'il imprime,
Après bien des Combats il arrive un inſtant
Où le plus vertueux céde au ſort qui l'attent :
Va, croi-moi. Leur fureur ſecondera la nôtre;
Ce Miniſtre ſi grand eſt homme comme un autre ;
C'eſt lui que le premier tu verras ſuccomber,
Et je ſçais les moïens de le faire tomber :
Envain lorſqu'à mes vœux tout ſemble ici répondre,
Le Ciel qui les trahit ſe plaît à me confondre;
Je te vais étonner, Ami. Mais répons-moi.
Es-tu le même, & puis-je encor comter ſur toi?

NASSER.

Quoi que votre grand cœur déſormais ſe propoſe,
Pour ſervir vos deſſeins, il n'eſt rien que je n'oſe.

ILCAN.

Mais ſi ſon Gendre alloit reparoître aujourd'hui,
On dit qu'il eſt vivant . . .

NASSER.

Ne craignez rien de lui.
Croïez-en ma fureur, ce fer l'a bien ſervie;
Dans les flots de ſon ſang il a rendu la vie :

Et ce barbare Emir, l'objet de mon courroux,
Ah que n'eſt-il de même expiré ſous mes coups!
Mais d'où vient.....

ILCAN.

On pourroit en ce lieu nous ſurprendre,
Dans mon appartement en ſecret viens te rendre;
Mais conſulte ton cœur; mon ſort eſt dans tes mains,
Viens, il eſt tems de faire éclater mes deſſeins.

ACTE III.

SCENE PREMIERE.

ILCAN, NASSER.

NASSER.

HAſſan ainſi triomphe! & ma rage ſterile
N'eſt coupable envers lui que d'un crime inutile!
Ainſi donc j'ay conduit ma victime à l'autel,
J'ai frappé ſans avoir porté le coup mortel!

ILCAN.

A peine à mes regards quand je l'ai vû paroître,
Sous ce déguiſement l'ai-je pû reconnoître;

Mais puiſqu'il s'eſt livré lui-même entre mes mains,
Sa mort plus que jamais importe à mes deſſeins.
C'en eſt fait. Il n'a plus que peu d'heures à vivre.
Pour la ſeconde fois ſon malheur nous le livre :
Ou plûtôt le Ciel veut qu'il périſſe aujourd'hui.
Son Rival même étoit moins à craindre pour lui.
C'eſt ainſi que trompé par une amitié feinte,
Pour mettre ſon épouſe & ſes jours hors d'atteinte,
Avec pleine aſſurance il ſe fie à ma foi.
Mais pour le perdre, Ami, je comte encor ſur toi.

NASSER.

Ah ne craignez plus rien, puiſqu'en cette entrepriſe
Tout, le ſecret, le lieu, l'heure nous favoriſe,
Il apporte ſa tête à qui la doit fraper,
Et la victime enfin ne peut plus m'échaper.

ILCAN.

Ainſi tu ſerviras mes deſſeins, ta vengeance.
L'Emir qui ne ſçait rien de notre intelligence,
Ne pourra plus douter qu'un ordre du Sultan
N'ait fait dans ce Palais aſſaſſiner Haſſan.
Peuples, Chefs & Soldats, il mettra tout en armes,
Ami, que pour mon cœur cet eſpoir a de charmes!
C'eſt parmi le déſordre & la confuſion
Que je puis tout permettre à mon ambition :
Dans ces tems de fureur tout devient légitime;
Et la Guerre Civile eſt le regne du crime.

Le Peuple toujours prêt d'en allumer les feux,
Sous un Maître nouveau croit être plus heureux.
Que ſçai-je ? ſi je puis trouver une main ſûre,
Si le Sultan périt dans cette conjoncture !
La Couronne eſt d'un prix qu'on ne peut trop payer,
Et pour y parvenir rien ne peut m'éfrayer.
Mais que dis-je ? Il eſt tems de me faire connoître ;
Soit que l'Emir ou non s'arme contre ſon Maître,
Le deſſein en eſt pris, & je veux dès demain
Périr ou lui ravir le Sceptre de la main.
C'eſt mettre trop long-tems un frein à mon courage,
Tout eſt prêt. C'en eſt fait je me livre à ma rage :
Ces lieux vont regorger de carnage & de ſang,
Je ne puis qu'à ce prix monter à ce haut rang.
L'Adorateur zélé des Dieux de nos ancêtres,
Va ſous mes Etendarts ſuivre ceux de leurs Prêtres.
Soleil finis ta courſe & hâte ton retour !
Et toi foible Sultan, aveuglé par l'amour,
Sacrifie avec joie au penchant qui t'égare
Ce qu'en beautez l'Aſie aſſemble de plus rare,
Et maître de jouir de mille objets divers,
Le Diademe au front porte d'indignes fers.
Mais non & c'en eſt trop ; perds le Trône où j'aſpire.
Triomphe, heureux Ilcan, on t'appelle à l'Empire.
J'ai pour y parvenir les droits de mes Aïeux :
Mon courage, mon bras, un cœur ambitieux.

Je touche à mon bonheur, Visir, mais tu peux croire,
Que si jamais je monte à ce rang plein de gloire,
Je sçaurai sur le Trône où le Ciel m'aura mis,
Reconnoître en Sultan mes fidelles amis.
Pour m'y faire un chemin, il faut qu'Hassan périsse;
Et Sémire en ces lieux l'attire au précipice.
Il va la voir ici. Mais qu'il tremble, Visir,
Je lui vendrai bien cher ce funeste plaisir.
Au milieu de la nuit par mes soins il espere
Enlever du Palais cette Epouse si chere;
La Garde m'obéit, & j'ai feint qu'aisément
J'en pourrois disposer pour cet enlévement:
Ici sans défiance alors il se doit rendre,
Et c'est là que je veux que tu viennes l'attendre,
Et qu'un coup plus heureux & plus sûr de ta main
Lui porte le poignard & la mort dans le sein.
Retirons-nous d'ici. J'apperçois la Princesse,
Adieu; mais souviens-toi.....

NASSER.

Que votre crainte cesse.
Je vous répons du bras dont vous avez fait choix,
Ils vont se voir tous deux pour la derniere fois.

SCENE II.

SE'MIRE, ROXANE.

ROXANE.

VEnez & fiez-vous, Sémire, à ma tendresse,
C'est peu qu'à vos malheurs la pitié m'interesse,
Le sang ne pourroit pas m'inspirer plus d'amour,
Ce Heros vertueux qui vous donna le jour,
L'Emir même pour vous n'en a pas davantage:
Du Nœud qui nous unit que n'êtes vous le gage?
Est-il rien d'impossible à l'Etre Souverain,
Qui commande à la vie, à la mort, au destin?
Esperez & vivez, Lorsque moins on y pense,
Les vertus près de lui trouvent leur récompense,

SE'MIRE.

Votre amitié se plaît à flatter mes douleurs;
Non rien ne peut tarir la source de mes pleurs.

ROXANE.

Par des chemins cachez souvent le Ciel nous mene,
Et sa conduite échape à la sagesse humaine.
Un bruit même déja se répand à la Cour.

SE'MIRE.

Quel bruit?

ROXANE.

On dit qu'Haſſan voit encore le jour.

SE'MIRE.

Mon Epoux, juſte ciel!

ROXANE.

Oüi lui-même.

SE'MIRE.

Ah, Madame!

A cet eſpoir flatteur dois-je livrer mon ame ?
Le Ciel par qui mon Pere aujourd'hui m'eſt rendu,
Me rendroit-il encor l'Epoux que j'ai perdu!
Le Ciel auroit-il mis un terme à mes allarmes!
O jour heureux! O jour pour moi ſi plein de charmes!
Quoi! je te reverrois cher objet de mes pleurs!
Je pourrois dans tes bras oublier mes malheurs!
Mais non, & j'y mourrois de joie & de tendreſſe:
Ah! s'il reſpire encor, qu'à mes yeux il paroiſſe;
Viens cher Prince... Où laiſſai-je égarer mes eſprits!
Malheureuſe! Il n'eſt plus pour entendre tes cris!
Vain eſpoir! Vains tranſports d'une Epouſe éperdue!
Flateuſe illuſion qu'êtes vous devenue!
L'affreuſe vérité m'arrachant mon bandeau,
Replonge mon Epoux dans la nuit du tombeau.

ROXANE.

Daigne le juste Ciel rendre Hassan à Sémire!
Quoi qu'il en soit, Princesse, on prétend qu'il respire;
Et ce bruit parvenu jusques à l'Empereur,
A rempli son esprit de trouble & de terreur.
Du généreux Ilcan l'empressement, le zéle,
Tout semble confirmer cette heureuse nouvelle;
Peut-être que le Ciel vous garde un sort plus doux;
Le Prince fut toujours l'apui de votre Epoux,
Dans ces lieux en secret il va bien-tôt se rendre;
Un pareil entretien ne doit plus vous surprendre,
Votre Epoux lui fut cher. Il veut ici vous voir,
Je n'y trouve pour vous que des sujets d'espoir.

SE'MIRE.

Non, non, cher Prince, non ta perte est trop certaine.
Hé que me serviroit une esperance vaine!
Tout ce qui malgré moi s'offre à mon souvenir,
M'aprend que le tombeau peut seul nous réunir;
Puis-je oublier jamais cette affreuse journée
Où du Ciel en couroux je fus abandonnée,
Où du sein du bonheur, du comble de mes voeux,
Je passai tout à coup au sort le plus affreux!
J'étois dans ce désordre aux clameurs accourue,
Quel objet juste Ciel se présente à ma vûe!

Mon Epoux malheureux le poignard dans le flanc!
Sans mouvement, ſans vie & noyé dans ſon ſang.

SCENE III.

SEMIRE, ROXANE, *un* GARDE.

LE GARDE *à Roxane.*

J'Ignore à quels malheurs vous devez vous attendre,
Mais j'ay craint qu'en ces lieux on ne pût vous ſurprendre;
L'Empereur agité du plus ardent courroux,
Vous demande, Madame, & l'Emir votre Epoux.

ROXANE *au Garde.*

C'eſt aſſez. Je vous ſuis.* Je prevois la tempête;
Quelques ſoient les dangers qui menacent ma tête.
Les votres ſeuls, Sémire, ont dequoi m'étonner,
Puiſqu'au moins ma vertu ne peut m'abandonner.
Que je plains votre ſort, malheureuſe Princeſſe!

* *Le Garde s'en va.*

SCENE IV.

SE'MIRE *seule.*

DAns quels lieux! dans quel tems ô Ciel! elle me laisse!
Hassan vivroit encor & me seroit rendu!
Il se pourroit.... Que dis-je? Après ce que j'ai vû;
Comment puis-je espérer de le revoir encore,
Quel trouble cependant m'agite & me devore!
Je ne puis y suffire, & parmi tant d'horreurs...
Mais quelqu'un vient.. Où suis-je.. Ah Grand Dieu! Je me meurs.

SCENE V.

SE'MIRE, HASSAN.

HASSAN.

C'Est par son amour seul que votre Epoux respire....
En quel état vous vois-je! O ma chere Sémire!
Vous ne répondez point.....

SE'MIRE.

O cher & tendre Epoux!

HASSAN.

Ah! laissez-moi mourir de joïe à vos genoux;

SE'MIRE.

Laissez-moi dans vos bras, revenir à la vie.
Mes sens sont suspendus .... & mon ame ravie ....
Je ne puis achever...

HASSAN.

Ah! retenez ces pleurs,
Cher & fidelle objet des plus tendres ardeurs.
Vous voyez mes transports; partagez-en les charme.
L'instant qui nous rejoint va finir nos allarmes.

SE'MIRE.

Vous vivant, juste ciel! Vous, cher Prince, en ces lieux!
A peine en crois-je encor le raport de mes yeux,
Je n'en crois que mon cœur, que l'excès de ma joie,
Hé comment se peut-il qu'enfin je vous revoïe!

HASSAN.

Mes lâches assassins trompez ainsi que vous,
Crûrent avoir ôté la vie à votre Epoux,
C'est cette heureuse erreur qui me l'a conservée;
Soudain par les cruels vous fûtes enlevée,

Et ſitôt qu'avec vous ils eurent diſparu,
Je fus ſi promptement par les miens ſecouru,
Que leurs ſoins de mes ſens me rendirent l'uſage:
Quels furent, juſte Ciel, mon déſeſpoir, ma rage;
Quand je revis le jour & ne vous revis plus!
On fit pour m'arrêter des efforts ſuperflus;
C'eſt peu que de ces murs tout me ferme l'entrée,
Je vois de toutes parts ma mort preſque aſſurée,
Mais les plus grands périls ne peuvent m'émouvoir,
Je ne crains que l'horreur de ne vous plus revoir.
Sous l'habit d'un Soldat j'entreprens le voyage.
L'amour tient lieu de force & donne du courage;
Ainſi guidé par lui ſans être reconnu,
Juſques dans ce Palais je me vois parvenu.
De ces lieux la vertu n'eſt pas encor banie,
Déja prêt à s'armer contre la tyranie,
Le généreux Ilcan daigne être mon apui.
Il peut tout & je dois tout attendre de lui.
Oublions nos malheurs; nous touchons à leur terme.
Son amitié pour moi toujours conſtante & ferme,
A conſenti ſans peine à ſervir mes deſſeins:
Cette nuit il vous doit livrer entre mes mains.
Enfin à la faveur de l'ombre & du ſilence,
Du Tyran de concert trompant la vigilance,
Sans crainte, ſans périls, nous allons pour jamais
Abandonner tous deux ce funeſte Palais.

SE'MIRE.

Que craindrois-je ! Voïant que mon Epoux respire !
Je crois qu'à mon bonheur désormais tout conspire.
Je n'en puis plus douter. Le Ciel veille sur vous.
Aux fureurs du Sultan, Prince, dérobons-nous.
Avec vous les déserts les plus inhabitables
Au séjour de la Cour me seront préferables.
Allons en chercher un où tous deux retirés,
Tous deux du monde entier nous vivions ignorés.
Là bravant le Sultan & sa fureur jalouse,
Contente d'y porter le nom de votre Epouse,
A vous plaire bornant mes soins & mes désirs,
Je verrai tous mes jours couler dans les plaisirs.
Libre de vous aimer, de moi-même maîtresse,
Je m'en fais un bonheur égal à ma tendresse,
Et du moins, si le Ciel ne nous protege pas,
J'y mourrai satisfaite en mourant dans vos bras.

HASSAN.

Non je ne crains plus rien, ô ma chere Sémire !
Le bonheur que je goûte est le seul où j'aspire.
Je défie à la fois le sort & l'Empereur,
Puisque rien ne sçauroit m'enlever votre cœur.

SE'MIRE.

Hélas ! de cet instant je goûte tous les charmes.
Cependant mon amour me fait verser des larmes :

Cher

Chèr Prince, où sommes-nous! J'y songe avec terreur,
Mon cœur est déchiré d'une secrette horreur.
Vos périls, les malheurs dont je suis menacée
Reviennent malgré moi s'offrir à ma pensée.
Si le Sultan armoît un nouvel assassin,
Si cette même nuit... Que vous dirai-je enfin?
D'un noir pressentiment j'ai peine à me défendre...

HASSAN.

Tout mon sang, si pour vous il me le faut répandre,
Ne vaut pas des transports à mon amour si doux...
Mais que vois-je?

SCENE VI.

SE'MIRE, HASSAN, L'EMIR.

HASSAN.

AH Seigneur!...

SE'MIRE.

O mon Pere, est-ce vous!

HASSAN.

Tout cede en ce moment aux transports de ma joïe...

L'EMIR.

Le Ciel permet enfin qu'ici je vous revoïe,

Cher Prince, que pourſuit l'injuſtice du ſort,
Et qui devez la vie au bruit de votre mort,
Vos vertus, vos malheurs redoublent ma tendreſſe.
Qu'en ce moment mon cœur gouteroit d'allégreſſe,
Si je n'avois plus rien à craindre pour vos jours !
Tant que dure l'orage, on doit trembler toujours ;
Et ne vous flattez pas, une horrible tempête
En ces lieux de nouveau menace votre tête :
Et je crains moins pour vous les fureurs du Sultan,
Que l'appas dangereux des careſſes d'Ilcan.

HASSAN.

Mais, Seigneur ....

L'EMIR.

Je ſcais tout. Par lui je viens d'apprendre
Ce que pour vous ſervir il eſt prêt d'entreprendre.
Son zele trop ardent me paroît affecté.
Je le ſoupçonne enfin de quelque lâcheté.

HASSAN.

Hé pourquoi l'accuſer de tant de perfidie !
Son amitié pour moi ne s'eſt point refroidie :
La mienne près de vous le doit juſtifier.
Vainement de ſa foi je veux me défier,
Contre notre Tyran ſa haine me raſſure.
Vous le trouverez prêt à venger mon injure ;

Et s'il faut vous ouvrir ses secrets sentimens,
Il en craint à son tour de pareils traitemens.
Dès l'enfance élevé sous un climat barbare,
Il y forma son cœur à la vertu Tartare:
Malgré l'éclat du rang qui l'attache à la Cour,
Cent fois je l'ai vû prêt d'en quitter le séjour.
De la part du Sultan tout l'irrite & le blesse.
Il blâme chaque jour son luxe, sa molesse,
Et ne voit qu'à regret les vices du Persan
Deshonorer le Trône où s'assit Genghiscan.

L'EMIR.

Vous comtez sur le Prince & croiez le connoître,
Mais le masque d'Ami cache à vos yeux le traître.
On trompe sans effort un cœur né généreux;
Et l'espoir a toujours séduit les malheureux.
Il n'est point à la Cour d'amis vrais & solides:
Les Hommes y sont tous ou lâches ou perfides:
Celui qui vous embrasse à vous trahir est prêt,
On n'y connoît d'amis que son propre interêt,
Malgré l'affection qu'Ilcan m'a témoignée,
La mienne de tout tems de lui s'est éloignée:
Je ne puis oublier qu'autrefois je l'ai vû
Sous le plus grand Sultan que les Mogols aient eu;
D'un Musulman zélé joüer le personnage,
Et tromper jusqu'aux yeux d'un Monarque si sage.
Aujourd'hui sous un masque encore plus séducteur,

De vos malheurs peut-être eſt-il lui-même auteur,
D'autant plus dangereux, que loin de le paroître,
Il feint de condamner les vices de ſon Maître;
Mais ce que ſur ſon cœur il a pris d'aſcendant,
Prince, ne permet pas de le croire imprudent.
C'eſt un piége aſſuré que tous les deux nous tendent,
Je n'en puis plus douter, pour nous perdre ils s'entendent;
Quelque attentat entr'eux ſe projette aujourd'hui,
Le Sultan inquiet ne ſe fait voir qu'à lui,
Il m'évite. Et pourquoi fuiroit-il ma préſence,
S'ils n'étoient en effet tous deux d'intelligence?
Quoi qu'il en ſoit, Ilcan eſt maître de vos jours,
Et tant qu'il le ſera, je tremblerai toujours.

SE'MIRE.

Ciel, que tant de périls allarment ma tendreſſe!

HASSAN.

Au ſort d'un malheureux votre cœur s'intereſſe,
De vos bontés pour moi je reſſens tout le prix.
J'ai comté ſur Ilcan, ſi je me ſuis mépris,
Seigneur, mon arrivée a précédé la vôtre:
Pouvois-je en mon malheur attendre rien d'un autre!
N'eſt-il donc plus de foi dans le cœur des humains?
Mais malgré nos terreurs je ſuis entre ſes mains,
Pour mettre en ſureté ma Sémire, ma vie,

Lui ſeul dans ce Palais peut m'ouvrir la ſortie ;
Quel autre parti prendre ! Et ſi malgré ſes ſoins,
Il ſe voit découvert, nous en perdra t il moins ?

SE'MIRE.

Pour la derniere fois je vous parle peut-être,
Cher Prince, je crois voir à chaque inſtant paroître
Mille aſſaſſins cruels prêts à fondre ſur vous,
Je crois voir.... *à l'Emir.* De ces lieux, Seigneur arrachez-nous.

L'EMIR.

D'un péril ſi preſſant je connois l'évidence,
Ma fille, à l'artifice opoſons la prudence :
Craignons-les tous les deux. Mais malgré nos ſoupçons,
Ne leur laiſſons pas voir que nous les connoiſſons.
Oüi Prince, dans ces lieux ſi l'on veut vous ſurprendre,
J'ai des amis tout prêts armés pour vous défendre,
Ils s'y tiendront cachés en differens détours ;
Leur intrépidité me répond de vos jours.
Vainement on aura conſpiré votre perte ;
Je viens vous enlever demain à force ouverte.
Je compte ſur le Peuple, & je vais de ce pas
Dans l'ombre de la nuit faire armer nos Soldats.

SE'MIRE.

Que d'horreurs, juſte Ciel !

L'EMIR.

A regret je vous quitte,
Mais le tems preſſe, il faut mettre ordre à votre fuite,
L'injuſtice, le crime habitent cette Cour.
Avec vous je renonce à cet affreux ſéjour;
Ma Garde vous ſuivra. Marchez vers Sultanie,
Là je puis hautement braver la tyrannie,
Et faire tête au ſort contre nous conjuré:
Ses remparts ſont pour nous un azile aſſuré.

HASSAN.

Seigneur, une amitié pour moi ſi généreuſe
Rend déja ma diſgrace à mes yeux moins affreuſe,
J'attens tout de vos ſoins. Je m'y confie.

SE'MIRE.

Et moi,
Je ne vous vois d'ici partir qu'avec effroi

L'EMIR.

Sur le Ciel déſormais fondez votre eſperance.
Ma fille, ſa juſtice égale ſa puiſſance;
L'innocence oprimée y trouve un ſûr apui,
Et tout l'effort humain ne peut rien contre lui.
Il ſçaura proteger une innocente flamme.
Eſpérez & tâchez de raſſurer votre ame,
Que dis-je?...En vain je veux condamner vos fraïeurs,
Moi-même je ne puis vous dérober mes pleurs.

Je ſonge avec effroi dans quels lieux je vous laiſſe :
Prince, jugez par là de toute ma tendreſſe,
Jugez de quels tranſports mes eſprits ſont ſaiſis !
Famille infortunée ! O ma fille ! O mon fils !
O pere malheureux ! Hé quoi le ſort m'envie
La douceur de finir auprès de vous ma vie !
Je me trouble à mon tour..... Embraſſez-moi tous
deux....
Adieu...Puiſſions-nous tous nous revoir plus heureux!

ACTE IV.

SCENE PREMIERE.

ABEN-SAID, ILCAN.

ABEN-SAID.

JE ne puis revenir encor de ma ſurpriſe !
Quel attentat, Ilcan ! Quelle horrible entrepriſe !
Le Viſir au Palais poignardé cette nuit,
Et par qui ? J'en frémis ; par Haſſan. A ce bruit,
Mes Gardes allarmés de toutes parts accourent ;
Soudain des furieux ſe préſentent, l'entourent :
On les preſſe, & malgré leurs efforts redoublés,
Les traîtres ſont bientôt par le nombre accablés.
Haſſan veut échaper, mais en vain. On l'arrête.

Ici ! Pendant la nuit ! En armes ! A leur tête !
Quel dessein animoit mon Rival furieux....
Mais je prétens percer ce mystere odieux,
Et je sçaurai bientôt par les plus grands supplices
Tirer la verité du sein de ses complices :
L'Emir même en ce jour a tout à redouter.
J'ai consenti par grace encor à l'écouter ;
Mais s'il a partagé la fureur de son Gendre,
De mon juste couroux, rien ne peut le défendre.

ILCAN.

Je ne scais que penser, & ne puis concevoir
Qu'Hassan ait médité l'attentat le plus noir :
Je le crois moins coupable & je dois le connoître,
Il eut trop de vertu pour devenir un traître ;
Et s'il a contre vous formé quelque projet,
Son épouse en est seule & la cause & l'objet.
Abandonnez les droits que vous avez sur elle,
Vous n'aurez pas alors de sujet plus fidelle ;
Sinon, craignez après ce qu'il vient de tenter,
Ce que son désespoir peut encor attenter.

ABEN-SAID.

Non, pour lui quoi qu'il ose, il n'est plus de Sémire,
Il sçait qu'elle est à moi par les loix de l'Empire,
Il faut qu'il y renonce, ou qu'il perde le jour ;
Ma gloire le veut même autant que mon amour.
Si j'ai long-temps souffert qu'un téméraire Esclave

Trahisse mes bontés, aujourd'hui qu'il me brave,
Je ne puis ni ne dois plus rien dissimuler:
Nous en avons tous deux trop fait pour reculer.
Voyez-le cependant; il vous aime, & peut-être
Vos conseils le rendront plus soumis à son Maître;
Je cherche à le sauver. Mais s'il n'y consent pas,
Si sa soumission ne m'arrête le bras,
S'il s'obstine à perir, sa mort est toute prête;
A me pousser à bout, il y va de sa tête:
L'Arrêt en est porté. Mais qu'il y songe bien;
Ce choix une fois fait, je n'écoute plus rien.
Allez, Prince, & songez qu'ici je vous confie
Le soin de mon amour & celui de sa vie.

ILCAN.

J'obéïs, Cependant si l'Emir irrité,
Ose encore se soustraire à votre autorité,
Pouvant tout sur l'Armée, & maître de la Ville,
Pensez-vous qu'en ces murs il vous laisse tranquille?...

ABEN-SAID.

Mes ordres sont donnés: on l'observe de près.
Lui-même il ne peut plus sortir de ce Palais;
Ma tendresse par lui peut être encor bravée:
Mais sa Fille jamais ne peut m'être enlevée.
Ah je crains bien plûtôt qu'un amour malheureux,
Ne porte mes fureurs plus loin que je ne veux!
En vain je les combats & m'arme de courage,

Il s'éleve en mon cœur des ſentimens de rage,
Que toute ma vertu ne peut plus contenir.
Je voudrois... Malheureux! Que vais-je devenir!
Quel fruit puis-je eſpérer de ma fureur jalouſe!
O trop heureux Haſſan! O trop fidelle épouſe!
Je n'en puis être aimé! Je ne puis la céder!
A l'Univers entier, que ſert de commander,
Si malgré tout l'éclat de la grandeur ſuprême,
Pour ſon propre bonheur on ne peut rien ſoi-même!
Le pouvoir ſouverain loin de remplir nos vœux,
Souvent ſert à nous rendre encor plus malheureux.
J'y penſe avec effroi, je frémis de le dire;
Mais je perdrai plûtôt le ſceptre que Sémire.
Ainſi mon amitié n'eſpere plus qu'en vous:
Déterminez Haſſan à fléchir mon couroux.
Sauvez-le malgré lui, Prince, s'il eſt poſſible,
L'Emir paroît. Allez. Ah quel moment terrible!

SCENE II.

ABEN-SAID, L'EMIR.

L'EMIR.

Vous voilà ſatisfait, Haſſan eſt dans vos fers,
Sultan, par ſon ſupplice effrayez l'Univers,
Suivez de votre amour les conſeils déteſtables;
Ne pouvant lui trouver de crimes véritables,

Puniſſez la valeur qui défendit ſes jours,
Des coups d'un ſcélérat qui ſervoit vos amours.
Son bras s'eſt immolé, cette infame victime....

ABEN-SAID.

Vous prétendez en vain me déguiſer ſon crime:
C'eſt à mes jours qu'Haſſan en vouloit cette nuit.
A quel autre deſſein, au Palais introduit,
Avoit-il raſſemblé cette troupe hardie,
De furieux qu'avoit armés ſa perfidie?

L'EMIR.

Il venoit arracher de ce cruel ſéjour,
Le malheureux objet d'un vertueux amour;
Son épouſe en un mot. Et c'eſt là tout ſon crime.

ABEN-SAID.

Cet attentat rend ſeul ſa perte légitime;
Sur votre fille, Emir, j'ai ſeul de juſtes droits,
Elle n'eſt plus à lui; vous connoiſſiez nos loix.
Pour obtenir de vous & de lui ce divorce,
Je n'ai pris qu'à regret le parti de la force;
Je pouvois commander; j'ai long-tems ſupplié,
Careſſes & bienfaits, je n'ai rien oublié.
Enfin pour couronner Sémire en votre abſence,
Je me trouve contraint d'uſer de ma puiſſance:
Et l'Ingrat au mépris des Loix, de mes bienfaits,
M'oſe venir braver juſques dans mon Palais!

Juste Ciel! J'en frémis... Et peut-être que sçai-je!
Porter jusques sur moi sa fureur sacrilege!
Le foudre est en mes mains, mais prêt à le punir,
J'ai par égard pour vous daigné la retenir,
Vous entendez le prix que je mets à sa grace.
Qu'il obéïsse, Emir, & son crime s'efface:
C'est un Arrêt que rien ne me fera changer;
J'ai la mort du Visir & ma gloire à vanger.

L'EMIR.

S'il osoit à mon sang imprimer cette tache,
Mon bras le puniroit d'une action si lâche.
Je m'emporte à regret, tout mon sang est à vous;
Sacrifiez le Pere, & la Fille, & l'Epoux;
Mais cessez d'esperer qu'une ardeur criminelle
Obtienne jamais rien de lui, de moi, ni d'elle.
Ah si toujours contraire à ce coupable choix,
Contre vos feux encor j'ose élever ma voix,
Dans le fond de mon cœur vous ne pouvez pas lire!
Mais croyez qu'il m'en coûte à ne pas y souscrire.
Quelle gloire pour moi comblé d'honneurs & d'ans,
D'unir encor mon sang au sang de mes Sultans!
Et quel bonheur plus grand, plus flatteur pour un pere,
Que de voir sur le Trône une fille si chere!
Mais dès qu'il faut trahir le devoir ou l'honneur,
L'interêt de mon sang ne peut rien sur mon cœur.
Je respecte nos Loix & vos Décrets augustes;

Mais les Loix ne sont Loix qu'autant qu'elles sont
justes.
Il est d'un Prince sage ainsi que généreux,
D'abolir une Loi qui fait des malheureux.
Ces Loix en apparence à vos voeux si propices,
Ne peuvent du Monarque autoriser les vices,
Sans faire le malheur de ses tristes sujets,
Et bannir d'un Etat la Justice & la Paix.
Genghiscan ce Héros dont la valeur guerriere,
Sous un sceptre de fer soumit l'Asie entiere;
Quand du Gange à l'Euphrate il porta ses exploits,
Deshonora son Nom par ces injustes Loix:
C'étoit un Conquérant que les droits de la guerre,
Avoient presque rendu le maître de la Terre.
Ces superbes Tyrans, de cent Peuples domptés,
Peuvent tout, & pour loix n'ont que leurs volontés.
Mais remontez vous-même aux Héros vos ancêtres,
Qui de ce grand Empire, avant vous furent maîtres.
Au Sultan votre ayeul, le moins juste de tous,
Ils pouvoient à ces loix recourir comme vous;
Leur gloire en eut été peut-être moins flétrie:
Plongés dans l'ignorance & dans l'Idolatrie,
Ils adoroient des Dieux à leurs desirs soumis;
Ils pouvoient tout tenter, tout leur étoit permis;
Aucun d'eux cependant au gré de son caprice,
N'a fait de cette Loi prévaloir l'injustice,
Et vous en voulez faire un essai si honteux!

Vous, jusqu'ici, plus juste & plus grand qu'aucun
d'eux.

ABEN-SAID.

Ces Héros dont je tiens l'Empire & la naissance,
Ont à leur gré toujours exercé leur puissance:
Ce qu'ils ont fait n'est pas une regle pour moi;
Je regne, & ne connois de regle que la Loi.

L'EMIR.

Non, non; ouvrez les yeux, voyez dans quel abîme
Va vous précipiter l'ardeur qui vous anime.
Si vous voulez regner avec tranquillité,
Faites regner, Seigneur, avec vous l'équité.
Soyez de vos Sujets le protecteur, le pere,
Veillez à leur salut, soulagez leur misere.
Ce pouvoir absolu que vous avez sur eux,
Ne vous est confié que pour les rendre heureux:
Voilà vos loix, Sultan. Gardez de les enfreindre,
Ou d'un peuple opprimé vous aurez tout à craindre.
Songez quels ont été ces fameux Potentats,
Les maîtres autrefois de ces vastes Etats;
Ces Califes, leur nom annonce leur puissance,
La Terre fut soumise à leur obéissance;
De leur Trône ils voyoient cent Rois humiliés,
Attendre leurs Decrets, prosternés à leurs pieds.
Tout trembla devant eux: la Religion même
Attacha sur leur front son propre Diadême.

Ainſi de l'Univers arbitres ſouverains,
Ils tenoient & la paix & la guerre en leurs mains.
Mais ſur ce Trône auguſte infecté de leurs vices,
Ils ont fait avec eux regner leurs injuſtices;
L'un l'uſurpa ſur l'autre, & leur Etat troublé,
Fut par eux tour à tour conquis & déſolé;
Vos Ancêtres enfin ont détruit leur Empire.
Peut-être en ce moment le juſte Ciel m'inſpire,
Sur leur Trône évitez leur exemple, & craignez
De vous perdre comme eux, ſi comme eux vous regnez.

ABEN-SAID.

Un zéle trop ſuſpect aujourdhui vous anime:
Juſte diſpenſateur d'un pouvoir légitime,
Je ne dis plus qu'un mot, je veux être obéï;
Songez-y bien. Malheur à qui m'aura trahi.
Pour un moment encor, je ſuſpens ma vengeance,
Haſſan peut à mes pieds éprouver ma clémence.
Je cherche à l'empêcher de périr aujourd'hui,
Et ne puis cependant le ſauver malgré lui.
Pour la derniere fois je vous offre ſa grace;
Son maître ou ſon ami, je le perds ou l'embraſſe:
Ne forcez point tous deux un Monarque irrité,
A ſe ſervir enfin de ſon autorité.

L'EMIR.

Je ne vous dis plus rien, & mon ame étonnée

S'indigne des excès d'une ardeur effrenée :
Je vois avec horreur votre cœur abattu,
Insensible à la honte autant qu'à la vertu.
Cruel ! je vois le sort que ce jour nous prépare,
Immolez-nous tous trois à votre amour barbare.
Mais rédoutez du Ciel les châtimens affreux,
Il vange tôt ou tard le sang des malheureux.

ABEN-SAID.

Hé bien ! Vous le voulez, Emir, rien ne vous touche ;
Rien ne peut ébranler votre vertu farouche.
Si le Prince à l'instant ne se soumet aux loix,
Tremblez. Vous l'avez vû pour la derniere fois.
Votre fille paroît. Songez-y l'un & l'autre :
Le sort de mon Rival peut devenir le vôtre ;
Consultez mieux des loix que vous osez braver ;
Et craignez de vous perdre en voulant le sauver.

SCENE III.

L'EMIR, SEMIRE.

SEMIRE.

AH ! Seigneur, le Sultan a daigné vous entendre...
Mais je vois par vos pleurs ce que j'en dois attendre.

Arrachez

Arrachez-moi du moins aux horreurs de mon ſort,
Rendez-moi mon Epoux, ou me donnez la mort.

L'EMIR.

Non, ne nous flattons plus d'une vaine eſpérance;
Ma fille. Il faut s'armer d'une noble conſtance,
Au coup qui vous attend il faut vous préparer,
Cet inſtant pour jamais vous en va ſéparer;
En refuſant la main qui va vous être offerte,
D'un Epoux malheureux vous avancez la perte,
Vous lui portez vous-même un poignard dans le ſein;
Et tel eſt du Tyran l'éxécrable deſſein.

SE'MIRE

Qu'entens je, juſte Ciel! Epouſe infortunée,
A quel ſupplice affreux me vois-je condamnée!
Quoi, cher Prince, on me force à te ravir le jour,
A moins que de trahir le plus parfait amour!
Mais tu n'as pas encore abattu mon courage,
Tyran! S'il faut du ſang pour aſſouvir ta rage,
De mon ſeul déſeſpoir je recevrai les loix;
Ma mort m'épargnera l'horreur d'un pareil choix.

L'EMIR.

Calmez de ce tranſport la violence extrême,
O ma fille! écoutez un pere qui vous aime.

Armez votre vertu par un plus grand effort :
Lorsque sur de faux bruits vous regrettiez sa mort.
Ce désespoir a pû vous sembler légitime,
Mais aujourd'hui l'amour vous en doit faire un crime.
Gardez-vous d'irriter un Tyran furieux :
Le cruel va bientôt reparoître à vos yeux,
Employez les soupirs, les prieres, les larmes;
Quelques soient son pouvoir, ses desseins, nos alarmes,
Votre sort est peut-être encore entre vos mains ;
Mais pour vous délivrer, mes efforts seront vains,
A moins que de ce jour vous n'obteniez le reste.
Sur-tout gardez-vous bien, quoi qu'Ilcan vous proteste,
D'écouter aujourd'hui ses conseils dangereux,
Le perfide a trahi votre Epoux malheureux.
Mes amis brûlent tous d'embrasser ma querelle,
Pour vous nos saints Imans feront parler leur zéle;
Et le Peuple est déja prêt à se soulever :
Donnez-moi seulement le tems de vous sauver.
Si le Tyran s'obstine & trompe mon attente,
Jusqu'à ma liberté si sa fureur attente,
A tout oser pour moi, mes Soldats sont tout prêts,
Et dans une heure Osman peut forcer le Palais.
Ce reste infortuné d'une plus belle vie,
Ma fille, sans regret je vous le sacrifie;
Trop heureux si ce sang que j'expose pour vous,
Peut assurer vos jours & ceux de votre époux.

SE'MIRE.

Ah laissez sur moi seule éclater la tempête!
Mille périls affreux menacent votre tête:
Seigneur, n'exposez point des jours si précieux,
Vivez, dérobez-vous aux coups d'un furieux...

L'EMIR.

J'entends du bruit. Adieu, le Sultan va paroître,
Prosternez-vous aux pieds de ce superbe maître.
Ma fille, ménagez ces précieux instans,
Tout est sauvé pour vous, si vous gagnez du tems.

SCENE IV.

LE SULTAN, SE'MIRE.

SE'MIRE *à part.*

IL paroît..... Tout mon sang se glace à cette vûë. *à Aben-Saïd.*
Ah Sultan! permettez qu'une épouse éperduë,
Que Sémire se jette à vos sacrés genoux,
C'est en les embrassant....

ABEN-SAID.

Princesse, levez-vous.

Un tel abaissement m'outrage & deshonore.
Ces charmes trop puissans, que malgré vous j'adore;

SE'MIRE.

Hélas de mes malheurs soyez plûtôt rouché!
Au sort de mon Epoux le mien est attaché.
Je viens vous demander & ma grace & la sienne!

ABEN-SAID.

Disposez de sa vie ainsi que de la mienne;
Ou plûtôt sauvez-moi de ma propre fureur:
Pour la derniere fois je vous ouvre mon cœur.
Je vous offre sa grace avec mon Diadême;
Mais comme mon amour, ma fureur est extrême:
Et recevant ma main, ou l'osant dédaigner,
Vous perdez mon Rival ou vous allez regner.

SE'MIRR.

Ainsi vous le voulez! Et ma mort est certaine!
Et l'amour seroit donc plus cruel que la haine!
Non, je ne puis penser que toujours votre cœur
S'obstine à n'écouter qu'une aveugle fureur:
Vous ne voudrez jamais renoncer par ce crime
Au nom de juste, aux noms de grand, de magnanime.
La douceur de vos loix, vos vertus, vos bienfaits
Vous ont acquis le cœur de vos heureux Sujets;

Ils font inceſſamment des vœux pour votre Empire,
Et je ſerois la ſeule à n'y pouvoir ſouſcrire!
Non, vous n'en croirez point un aveugle couroux;
Si cet effort eſt grand, il eſt digne de vous.
Il faut pour s'y réſoudre une vertu ſuprême,
Sultan, mais il eſt beau de ſe vaincre ſoi-même:
Et la gloire peut tout ſur les cœurs généreux.
Rendés à ſon Epouſe un Epoux malheureux.

ABEN-SAID.

Je n'en ai que trop fait pour lui ſauver la vie.
Je ne puis plus laiſſer ſon audace impunie;
Epargnez-vous des ſoins & des vœux ſuperflus,
Princeſſe, c'en eſt fait. Vous ne le verrez plus.
Du reſte choiſiſſez, c'eſt à vous de réſoudre,
Si je dois à l'inſtant le punir ou l'abſoudre.

SE'MIRE.

Je ne te verrois plus, cher Prince... Quelle horreur!
Où me vois-je réduite! Ah cruel Empereur!
Mais s'il faut que ſa mort aujourd'hui nous ſépare,
La mienne malgré vous nous rejoindra, Barbare:
Oüi, vous revoquerez cet Arrêt odieux,
Ou je vais à l'inſtant expirer à vos yeux.
Hé! Qu'exige de moi votre injuſte tendreſſe?
Pour vous donner ma main, en ſuis-je la maîtreſſe?
Je ſçais ce que je ſuis; mais un autre a ma foi;
Et s'il m'étoit permis de diſpoſer de moi,

Esclave, on me verroit obéir à mon Maître ;
Avec soumission, sans m'en plaindre, peut-être.
Comment pourrois-je alors vous refuser mon coeur ?
Alors, je ne verrois en vous qu'un Empereur,
Qui grand également dans la Paix, dans la Guerre,
Est né pour conquerir le reste de la Terre.
Vous m'offrez une main dont je connois le prix,
Et bien loin qu'au refus j'ajoute le mépris,
Même au sein des horreurs que vous me faites craindre,
Je me sens malgré moi contrainte de vous plaindre.
Je sçais que votre cœur en secret en gémit,
Que sentant sa fureur, lui-même en frémit ;
Qu'accablé malgré lui sous le poids de sa chaîne,
Il suit sans le vouloir le penchant qui l'entraîne ;
Et si tout grand qu'il est, il en est abattu,
C'est qu'il est des instans fatals à la Vertu.
Mais sans perdre ses droits, elle perd son empire.
J'en appelle au remords qui déja vous déchire...,
Vous vous troublez.... Je vois qu'un cœur si généreux,
Ne sçauroit sans regret, faire des malheureux,
Que ce qu'il vous en coûte est pour vous un supplice ;
Vous n'êtes point cruel. Hé je vous rends justice !
Non, je ne vous hais point, non....

ABEN-SAID.

Ciel ! Que faites-vous !

Ah Princesse ! Arrêtez, laissez-moi mon couroux.
Je me défends trop mal & contre tant de charmes,
Il ne me reste plus que d'impuissantes larmes.
Sémire, c'est mon sort de vous aimer toujours !
Devroit-il m'en coûter le repos de mes jours ?
Mais n'importe, dussai-je en perdre aussi la vie,
Vous le voulez, mon cœur pour vous se sacrifie :
Et mes vœux les plus doux aux vôtres immolés....

SCENE V.

ABEN-SAID, SÉMIRE, ILCAN, GARDES.

ILCAN.

Vos ordres au Palais ont été violés,
Sultan, on vous trahit. L'Emir a pris les armes ;
La Ville est soulevée, & tout est en allarmes...

ABEN-SAID.

Quoi, l'Emir !

SÉMIRE.

Ah Sultan....

ABEN-SAID.

Vous l'entendez. Hé bien !
Je vais le satisfaire, & ne menager rien.
De Sémire & d'Hassan qu'on redouble la Garde,

Le ſoin de ce Palais, vous, Prince, vous regarde.
Je vais, puiſqu'il le faut, périr en Empereur,
Ou tout ſacrifier à ma juſte fureur.

Le Sultan s'en va d'un côté, on emmene Sémire de l'autre.

ACTE V.

SCENE PREMIERE.

ILCAN, HASSAN, GARDES.

ILCAN *à Haſſan, lui rendant ſon épée.*

Votre Ennemi verra ſon attente trompée,
Quittez d'indignes fers, & prenez cette épée,
D'un lâche raviſſeur le Ciel veut vous venger,
Venez ſous mes drapeaux vous-même vous ranger.
Le Tyran arme en vain, Prince. Son Regne expire.
Le Soldat le dépoſe, & me nomme à l'Empire;
Et ſi l'Emir conſent à ſeconder ce choix,
J'y parviens aujourd'hui d'une commune voix.
Laiſſez ici Sémire; une Garde fidelle
Veillera ſur ſes jours, & je vous répons d'elle;
Partons, & que l'Emir déterminé par vous,
Se range du parti de qui vous ſauve tous:
Venez, Prince, ma cauſe eſt déſormais la vôtre.

HASSAN.

Vous ne nous connoissez, Seigneur, ni l'un ni l'autre;
Si le Sultan m'opprime & poursuit mon trépas,
C'est un Tyran pour moi, qui pour vous ne l'est pas.
Mes malheurs ont armé l'Emir contre son Maître,
Mais loin de seconder les attentats d'un traître,
Avec la même ardeur qu'il vole à mon secours,
Contre tout l'Univers il défendra ses jours.
Et ce Prince en effet grand, vertueux, auguste,
Des Monarques toujours eût été le plus juste,
Si se défendant mieux des Traîtres, des Flatteurs,
Il n'en eût pas suivi les conseils séducteurs.
Je vois que ce discours étonne votre audace:
Le Malheur ne corrompt qu'une Ame vile & basse,
Et le lâche forfait où tend votre fureur,
Aux Cœurs tels que le mien ne peut que faire horreur.

ILCAN.

Un semblable discours a lieu de me surprendre,
Mon amitié pour vous m'a fait seule entreprendre;
Mais le tems est trop cher pour le perdre en discours,
Tout un peuple m'appelle à l'Empire, & j'y cours.
Un Prince à qui le sort presente une Couronne,
Est indigne de vivre alors qu'il l'abandonne.
Qui ne la cherchoit pas, ne peut la dédaigner;
Et malgré moi je dois ou périr ou regner,

Adieu. Je vois venir votre Epouſe éperdue;
C'eſt par mes ſoins encor, qu'elle vous eſt renduë;
Je vous laiſſe y penſer. Mais craignez qu'en ces lieux,
Ce jour ne vous ramene un Vainqueur furieux.

Il s'en va.

HASSAN.

A fléchir ſous ton joug, penſes-tu me contraindre?
Qui ne craint point la mort, traître, ne peut te craindre.

SCENE II.

HASSAN, SE'MIRE.

HASSAN.

Chere Epouſe, le Ciel eſt toujours courroucé,
Du plus grand des malheurs l'Etat eſt menacé.
Des noirs complots d'Ilcan la trame eſt découverte,
Il en vouloit au Thrône encor plus qu'à ma perte.
Dès que pour moi le Peuple a paru revolté,
Le parti de ce traître a ſoudain éclaté:
On veut mettre en ſes mains le ſceptre de l'Aſie.

SE'MIRE.

D'étonnement, d'effroi, jen ai l'ame ſaiſie.

HASSAN.

Le cruel ne nous a rendu libres tous deux
Que pour mieux colorer cet attentat affreux ;
Maître de ce Palais, lui ſeul il y commande,
Princeſſe, ce n'eſt pas votre ſang qu'il demande.
Quel barbare pourroit attenter à vos jours !
Mais je crains pour l'Emir, & vole à ſon ſecours ;
Et je vais par ce fer à travers le carnage
Périr, ou juſqu'à lui m'ouvrir un ſûr paſſage.
Glorieux, ſi je meurs, malgré le ſort jaloux
D'emporter au tombeau le nom de votre Epoux.

SCENE III.

SEMIRE, ROXANE.

ROXANE.

PRinceſſe, où court Haſſan ? D'où naiſſent vos allarmes ?
Quoi votre Epoux eſt libre, & vous verſez des larmes !
Du plus mortel effroi je commence à frémir.
Vous n'oſez me répondre....Ah vous pleurez l'Emir !

SE'MIRE.

J'ignore ſon deſtin. Mais qu'ai-je appris.....

ROXANE.

Je tremble,
Qu'allez-vous m'annoncer?

SE'MIRE.

Tous les malheurs enſemble,
Ilcan, le traître Ilcan, maître de ce Palais,
Va peut-être devoir l'Empire à ſes forfaits;
Un parti ſecondant ſa ſacrilege audace,
Détrône l'Empereur, & l'éleve en ſa place....

ROXANE.

O Prince malheureux! O trop funeſte amour!
Mon Frere va donc perdre l'Empire & le jour,
Hé qui peut le défendre, & ſoutenir ſon Thrône,
Si dans un tel péril mon Epoux l'abandonne!
Sans accuſer le Ciel, ſans condamner l'un d'eux,
Je gémis & ne puis que les plaindre tous deux.
Si je veux écouter la voix de la Nature,
Mon devoir s'en offenſe, & ma gloire en murmure,
Et mon cœur partagé, cédant à leurs efforts,
Craint de former des vœux que ſuivent les remords,

SE'MIRE.

O Ciel tu me fis naître en un jour de colere!
C'est moi seule qui perds mon Epoux & mon Pere;
Le malheur qui me suit s'étend jusques sur vous;
Toute ma force céde à de si rudes coups,
Au destin qui m'attend, la mort est préférable.
Que le Sultan triomphe, ou qu'un traître l'accable;
Et l'amitié perfide, & l'amour furieux,
Tout menace à la fois des jours si précieux.
Nul espoir ne me reste en de telles allarmes,

Il se fait du bruit derriere le Théâtre.

Entendez-vous ces cris, ce bruit affreux des armes?
Je tremble ..... Et tous mes sens en sont glacés d'effroi....

ROXANE.

En ce terrible instant je n'implore que toi,
Sur l'auteur de nos maux, grand Dieu, lance ta foudre,
Qu'avec lui les Méchans soient tous réduits en poudre.
Toi-même du Sultan daigne guider le bras,
Fais marcher devant lui les Anges du trépas.
S'il est vrai qu'à toi seul tout pouvoir apaprtienne:
Venge les Souverains, leur querelle est la tienne,
Qu'osés-vous attenter, sacrileges mortels!
Qui renverse le Thrône, attaque les Autels.

Que dis-je, malheureuse ! Et quels voeux dois-je faire !
Grand Dieu, daigne épargner mon Epoux & mon
Frere !

SE'MIRE.

Mais parmi les horreurs de ce tumulte affreux,
Qui peut....

SCENE VI.

ROXANE, SE'MIRE, OROSMIN.

OROSMIN.

QU'est devenu votre Epoux malheureux?
Princesse, en ce Palais dont ma vaillante escorte,
Après un long combat vient de forcer la porte.
Par ordre du Sultan je viens & le chercher,
Et tous trois aux fureurs d'Ilcan vous arracher.
Abandonné des siens, & pressé par le traître,
L'Empereur, mais trop tard, apprend à le connoître.
C'en est fait, m'a-t'il dit, le Ciel combat pour lui,
Et d'un usurpateur se déclare l'appui :
Vas, cours sauver Hassan, Sémire & la Princesse,
On nous a tous trahis, hâte-toi, le tems presse....

SE'MIRE.

Inutiles remords ! Vos soins sont superflus;

Peut-être en ce moment mon Epoux n'eſt-il plus.
Il a quitté ces lieux, & j'ignore le reſte.

OROSMIN *à Roxane.*

Ah Madame ! fuyez un ſéjour ſi funeſte !
Et ſouffrez que du Ciel attendant le ſecours,
Je conduiſe vos pas & veille ſur vos jours.
Pour animer les ſiens à ſeconder ſa rage,
Ilcan de ce Palais leur promet le pillage :
D'armes & de Soldats bientôt environnés,
Ces murs à leur fureur vont être abandonnés.
Les partiſans du traître à chaque inſtant augmentent,
Adroits à profiter des troubles qu'ils fomentent,
Les vils adorateurs des Dieux de l'Indoſtan,
Se ſont tous déclarés pour ce nouveau Sultan.
Ils ont fait dans ſon camp tranſporter leurs Idoles,
Ses étendarts en ont arboré les Symboles :
Leur fanatiſme aveugle & ſon lâche attentat
Vont peut-être changer la face de l'Etat.
Enhardis aux forfaits, acharnés au carnage,
Ils ne reſpectent plus ni le ſexe, ni l'âge :
Leurs ſacrileges mains portent partout la mort,
Et Tauris cede enfin à la loi du plus fort.

ROXANE.

Hé quoi Dieu Tout-puiſſant ! loin de purger la Terre
De ces Monſtres impurs qui bravent ton Tonnerre,

C'est sur nous que tu fais éclater ton couroux!
N'est-tu donc plus ce Dieu de sa gloire jaloux?
Tu livres tes Autels aux fureurs de l'impie,
Dans la nuit de l'erreur tu replonges l'Asie,
Ainsi nos périssons. Telle est ta volonté:
Les crimes de ton Peuple ont lassé ta bonté.
Tu rejettes nos pleurs, & ta juste colere
Arme pour nous punir mon Epoux & mon Frere.
Cet Empire puissant, autrefois si fameux,
Va peut-être tomber, & finir avec eux.
Soit que ton bras éléve ou renverse les Trônes,
En Juge tu punis, en Pere tu pardonnes,
Tu détruis à regret l'Ouvrage de tes mains.
J'adore en gémissant tes decrets souverains;
Si ta justice encor s'opose à ta clémence,
Si tu fais sur mon Frere éclater ta vengeance,
Du moins dans ton courroux sois touché de mes pleurs,
Et ne me laisse pas survivre à nos malhevrs.
Princesse, c'en est fait, nos destins s'accomplissent;
D'armes & de Soldats tous ces lieux se remplissent.
Fuyons du moins l'aspect d'un Vainqueur odieux,
Juste Ciel! Mais que vois-je, en croirai-je mes yeux?
C'est le Sultan lui-même.

SCENE V.

ABEN-SAID, ROXANE, SE'MIRE. OROSMIN, *une troupe de Gardes & de Soldats.*

ABEN-SAID, *aux Gardes qui le suivent.*

Il suffit qu'on me laisse
à Orosmin. Je ne vois point Hassan. Qu'à mes yeux
il paroisse.
Ne sçait-il pas . . . .

OROSMIN

Mes soins ont été sans succès,
Et le Prince déja n'étoit plus au Palais. . . .

ABEN-SAID.

Vas, cours de tous côtés. Qu'on le cherche, qu'il vienne.
Ma vie est desormais moins sûre que la sienne.

SE'MIRE

Inutile esperance! Il n'en sera plus tems!

ABEN-SAID.

O malheureux Emir!

ROXANE

Ciel! Qu'est-ce que j'entends?
Quel nom vient de sortir, Sultan, de votre bouche?

F

Quels difcours ! Quels foupirs & quel regard farouche !
Votre filence encor redouble ma terreur ;
En eft-ce fait, Ilcan, feroit-il Empereur ?

ABEN-SAID.

Le Ciel lance fur moi les traits de fa colere,
Connoiffez cependant votre malheureux Frere :
Puifque je vis encore, je fuis victorieux,
C'eft en Maître, en Sultan, que je rentre en ces lieux,
Mais helas !

ROXANE.

Que ce trouble augmente mes allarmes !

ABEN-SAID.

Qu'un triomphe pareil me va coûter de larmes !
Que je l'ai payé cher, & qu'il m'eft odieux !
La révolte en fureur regnoit feule en ces lieux,
L'or avoit corrompu mes Gardes infidelles,
Peuple, Chefs & Soldats, tous traîtres, ou rebelles,
De l'Emir ou d'Ilcan fuivoient les étendarts :
Mon Palais eft foudain forcé de toutes parts,
Le Prince audacieux s'oppofe à mon paffage ;
Comme fur moi du nombre il avoit l'avantage,
Les miens au premier choc cédent à fes efforts :
Dès long-tems entouré de mourans & de morts,
Je ne combattois plus que pour périr moi-même ;

Le sage Emir instruit de sa fureur extrême ;
Suivi d'un gros des siens, accourt, & sur ses pas
Fait voler l'épouvante ; & conduit le trépas.
» Je n'impute qu'à moi le sort qui vous opprime,
» Sultan, votre malheur m'éclaire sur mon crime ;
» M'a-t'il dit, mais du moins en ce pressant danger ;
» Je vais pour l'expier, périr ou vous venger.
Tandis que je poursuis les traîtres en déroute,
A travers mille morts l'Emir s'ouvre une route :
Il cherche Ilcan, le joint avec tant de fureur,
Qu'aux cœurs les plus hardis il porte la terreur.
Avec pareille adresse, avec même courage,
Soudain l'un contre l'autre ils signalent leur rage :
L'Emir d'un coup mortel est le premier frappé....

SE'MIRE.

Mon Pere !

ABEN-SAID.

Ilcan triomphe & se croit échapé ;
Mais l'Emir n'en devient pour lui que plus terrible,
Sa main d'un coup plus sûr frappe ce monstre horrible.
Le traître tombe enfin à ses pieds renversé,
Et meurt au même instant de mille coups percé.
J'accours. Un tel exemple étonnant les Rebelles,
Fait tomber de leurs mains leurs armes criminelles.
Tout fuit. Tout m'est soumis. Quel triomphe ! Ah ma Sœur !

Que de rémords cruels s'emparent de mon cœur !
Le Ciel n'a pas permis que pour comble de gloire,
Lui-même il pût joüir des fruits de sa victoire !
Que dans son sein je pusse en de si doux momens,
Oublier mes fureurs & mes égaremens....

SCENE VI. *& derniere.*

ABEN-SAID, ROXANE, SE'MIRE, L'EMIR, HASSAN, *plusieurs Gardes & Soldats.*

L'EMIR *appuyé sur Hassan d'un côté, & de l'autre sur un Soldat, du fond du Théâtre :*

Quel spectacle, grand Dieu! Mon épouse! Ma fille!

ROXANE.

Ah que vois-je !

SE'MIRE.

Seigneur....

L'EMIR.

O ma chere famille !

L'EMIR.

Jettés ſur moi les yeux, Sultan, ne penſez pas
Que je vous vienne ici reprocher mon trépas.
Le Ciel en ſes Decrets eſt toujours équitable;
Hé ſi je meurs pour vous, en ſuis-je moins coupable!
J'éprouve ſa juſtice, il punit cette main
Qui venoit de s'armer contre ſon Souverain:
Mais du moins, & mon bras l'a fait aſſez connoître,
Tout armé que j'étois, je n'étois point un traitre.
Qui moi, j'aurois trahi le ſang de mes Sultans!
Helas! je ne voulois que ſauver mes enfans.
Par ces ſacrés genoux qu'avec reſpect j'embraſſe,
Sultan, je viens encor vous demander leur grace;
C'eſt tout ce que j'eſpere en ce dernier inſtant:
Vous regnez glorieux, je vais mourir content.
Trop heureux, ſi pour vous au moment où j'expire...

ABEN-SAID.

Emir! Ah diſpoſez de moi, de mon Empire,
Je ne dois qu'à vous ſeul & le Trône & le jour,
Et je mets à vos pieds ma vie & mon amour.
Ne craignez plus, Madame, un penchant trop funeſte;
Il me coûte ſi cher, que mon cœur le déteſte.
J'abolis à jamais une odieuſe Loi;
Vivez tous deux heureux, & tous deux aimez-moi,

L'EMIR.

Grand Dieu ! C'eſt dans tes mains qu'eſt le cœur des Monarques !
De tes bontés pour moi je reconnois les marques :
Même en me puniſſant tu combles tous mes voeux ;
Le dernier de mes jours en eſt le plus heureux.
à Roxane. Regrettés moins le peu qui me reſtoit de vie,
Princeſſe, vous pleurés un ſort digne d'envie,
Ma mort eſt mon triomphe & le ſalut de tous ;
La gloire en rejaillit ſur ma fille & ſur vous.
à Haſſan. Adieu Prince. Au Sultan ſoyez toujours fidelle.
De tout ce que j'ai fait, n'imitez que mon zéle.
Le Ciel, le juſte Ciel vous apprend aujourd'hui,
Qu'il eſt des Souverains le vengeur & l'appui.
à Roxane & à Sémire. Vous, d'un ſi doux inſtant ne troublez point les charmes,
Par pitié toutes deux dérobez-moi vos larmes....
Mais la force me manque... Et déja mes douleurs...
Embraſſez-moi, ma Fille....

SE'MIRE.

O mon Pere !

L'EMIR.

Je meurs.

On l'emmene.

HASSAN.

Ciel cruel, il expire!

ROXANE.

O fatale journée!

ABEN-SAID.

Sémire! Haſſan! Ma Sœur! Famille infortunée!
Mes yeux ſont deſſillés. Ne me reprochés rien.
Je pers en ce Heros mon unique ſoutien:
Sa mort dont je gémis, met le comble à ſa gloire,
De nos triſtes débats périſſe la mémoire,
Vous Prince, qui ſi jeune égalés ſa valeur,
Vous dont la foi conſtante au milieu du malheur,
Vient de faire éclatter des vertus que j'admire,
Occupés déſormais ſa Place dans l'Empire,
Dans votre Souverain vous le retrouverés,
Que je retrouve en vous l'Emir que vous pleurés.

FIN.

www.ingramcontent.com/pod-product-compliance
Ingram Content Group UK Ltd.
Pitfield, Milton Keynes, MK11 3LW, UK
UKHW020400230726
13925UKWH00003B/1195